JN244427

幻想植物コラージュ

青《おう》の植物園

橋本由紀子

装幀・写真　橋本由紀子

青《おう》の植物園　目次

一章

愛の罪

古来　女の口元に
食物を運ぶのは男・雄の役目であった
ペンギンであっても
そこにはセックスの帳《とばり》が
羽を広げて待っている
一途な地球ダンスの約束が
垣間見えて　夢見の時間が広がる
卵が孵《かえ》らなくとも
幼子が途中でしんでも
時間の幻想散歩は先へ繋がる
唯一の遺伝子からの　果てしなき声

食物を共にし　まぐわい
子孫を残すのだと　海鳴りのように
絶える事がない　いとなみへの誘い
古来　男は　女の口元に
食物のように　言葉を重ねてきた
掻き抱くのは男の役目であった　が

愛を受け入れなかった
愛し返さなかった　ただ
そのことのために
ギリシャの神話の中の女達は
変身の罰を受け　言葉を失う樹にされている
男は花に　女は樹木が多い

月桂樹にされた河の神の娘ダフネ

突然のアポロン神の告白に驚く娘ダフネには
最初に見た男を嫌いになるという
キューピッドの矢が娘の胸に刺さっている
という物語の仕掛けがあるが

女の口元を樹皮で覆うほど
いとおしい　憎悪　肉欲
愛し返さなかった罪
というのはあるのだろうか
愛し返せなかった罪

星めぐりの歌

いつも右に分けていらっしゃる　たまには左に変えてみるのは　いかがでしょう
オススメです　当店は美容液もトリートメント液も　特別たっぷりおかけしますの
で　お時間はかかりますが　ご期待下さい

三原橋交差点で　きょろきょろ　ピリピリピーー　広い交差点の真ん中に　婦警さ
んが　凛々しく立っている　ピリピリピー　歩き始めた婦警さんが答える「横断歩
道を渡り　七メートル先信号右折　次を左に　あちこち」　食堂の前に立つおばさ
んに　地図を見せる「アラ　行き過ぎですよ　戻って　ホラ　あのラーメン屋さ
んの角　真っ直ぐ行ってみて」しんせつな声が　ネオンつきはじめた東銀座にしっ
とりと　こだまする

雑居ビルのドアを開けると　ＡＢＣＤ　トランプカードのような　イケメン君達が
うやうやしくおじぎして　ハサミをならしている　顔が五十位映りそうな大鏡が四
つ並ぶ　青葉色の美容室

プロフィール付き　トランプカードを　クリックするなんて初体験「個性的ドラマ
チックなカットが得意」のＢ君でなく「優美なウェーブが得意」のＡトランプ君
にクリック済み　四人のトランプ君は忙しく働く　シャンプー　会話　カット　さ
りげない会話　クルクルパーマ液　雑誌が大鏡の前に置かれる　開くと見開きいっ
ぱいに　銀河の夜星が暗青の空に広がり「星めぐりの歌」が印字されている

宮澤賢治が　たった一つ書いた歌曲

星めぐりの歌

あかいめだまの　さそり

ひろげた鷲の　つばさ
あをいめだまの　小いぬ、
ひかりのへびの　とぐろ。

オリオンは高く　うたひ
つゆとしもとを　おとす、
アンドロメダの　くもは
さかなのくちの　かたち。

大ぐまのあしを　きたに
五つのばした　ところ。
小熊のひたいの　うへは
そらのめぐりの　めあて。

「銀河鉄道の夜」より

口をパクパクあけて　銀河の言葉を吸い込むのだけれど　迷彩地図のように暗黒星雲に　紛れ込んでしまいそう　食堂のおばさん助けて　婦警さん　ピリピリと笛を鳴らして

失恋でもなさったんですか？　せっかくの長い髪を　こんなに短くなさっていいんですか　冬はオーバーの襟に髪が掛かるとお邪魔ですから　もっと短くして差し上げましょう　失恋も　ささやかなドラマも　何処かへ吹っ飛んでいきますから

伊豆の海へ釣りに行くのが好きなんですと　Aトランプ君「いかがでございましょうか」と　自信タップリに手渡す小鏡　大鏡に映る　ピタリとオーバーの襟に揃えられた　奇妙な旅行者のような短髪を見た後　帰り際　夜星の運行の中に煌く賢治の詩を写す許可をもらうのだが　天井のライトが反射　見ていたトランプA君ノートで影を作り　海中の魚群を捕らえるように　夢中であかいさそりや　フィラメント流れる星の耀きを追っていく

雑居ビルの窓の外　食堂のおばさんも婦警さんも　トランプA君も「大ぐまのあしをきたに　五つのばし」と口パクパクしているような　ネオン銀河の夜　星々の言葉を飲み込むけれど　ネオンが赤や紫のひかりを繰り返すので　間違った言葉を呑み込みそうになるのです

コウモリの足

正午　そろそろ来客到着の頃と玄関ドアを開けると落ち葉が数枚散
乱　水を打ち掃いたばかりなのだが　落ち葉に交じって　黒ボロ切
れもある　開けてみると　仰向けのまま　どう見ても青息吐息　衰
弱寸前のコウモリベイビィー　ゴム針金のような鉤指骨を曲げて
動けないでいる　アクシデントでもあったのか　それとも玄関ドア
にぶつかって脳震とう？のドジ君　五月の輝く光の中を飛行するな
んて　自殺願望の高級コウモリなのか　落ちこぼれなのか？

とりあえず　応急処置　昨日裏庭で摘んだ秋田蕗の残り葉を広げて
ベッドにして寝かせ　もう一枚を日除けに被せ　出窓に置いてある
大型鳥かごの中に　といってもガーデン用なのでゆったり編まれた
シノワズリー「中国風」アンティーク鳥かご　ハチミツ水をコッ
トンに含ませて　何処が顔かもわからないまま　産毛に囲まれた口
元辺りに　チョンチョンしてみたが　グンニャリドジ君は動かない

お客様到着　食事をしながら籠の中を見ると　ドジ君がいない　捜し
てみると　鳥かごの外枠の網目模様に　しがみついている　お客様
が帰る頃には　カーテンの上部に　逆さにしがみついている　七時
間が経ち　夜の帳が　やわらかくおりて

いつの間にかコウモリは　テレビのあるリビング北側の天井と　カ
ーテンポールの間の白い壁に逆さに張り付いている　それからも微
動すらしない　修行僧なのか・・・・と思うほどである　夜エサ
取の気配すら見せない　テーブルにバナナの薄切り一枚とアカシア
ハチミツ　メープルシロップを　ジャム壜の蓋に乗せて眠る

七時間位経っているはずだが　コウモリは　修行僧スタイルのまま定位置にいる　バナナの端が僅か縮んでいるような気もするが食事した気配はない　しかしコウモリ君はふっくらと膨らんで　茶黒毛皮マントのツヤもあり　少し大きくなっているようだ　窓側壁に黒水っぽい汚れ二筋　あるのは　オシッコ跡か　元々汚れていたのかな？

この辺に飛んでいるコウモリは　アブラコウモリという体長五センチばかりのコウモリらしい　エサは蚊や空を飛んでいる虫などだが　この部屋には私が庭の花を持ち込むせいで　透明手長の美形タイプワカバグモくらいはまだ居るかもしれないのだが　コウモリは日中は　すぐに冬眠状態に入り　エネルギーを使わない生活　人間は深夜まで動きたがり見たがる　本来なら夜は　動いているコウモリ　壁に張り付く　修行僧姿しか見なかったが　超音波で暮らす耳の良いコウモリ君　人間の会話や食器の音　アメリカのテレビドラマ犯罪捜査の複数の声優の声　パンパンと鳴るピストルの音「ついに明かされる禁断の秘密」などという　ツッパリおはぎのような　決まり文句など　どんなふうに聞こえただろう　いつまでも同居というわけにもいかないので　日暮れを待って外に放つことにした　午後四時　修行僧コウモリ君が壁伝いに降り始めたので　虫取り網ですくったまま　窓外のイチジクの木にもたせ掛けた　コウモリ君は又修行僧となり　虫取り網に逆さにしがみついたまま　夜が深くなっても動かない　無用と思いつつ　ジャム壜の蓋に　ハチミツを置くそのまま地球の七時間

二日目の早朝　窓越しに見ると　ドジ君虫取り網に　正式コウモリ下がりでぶら下がっている　毛皮のコートの毛並みも艶が出ているコウモリは軽量化を極めた結果　極細の足では　立てないそうだ　二千六百万年前から　ひたすら進化の軽量化を図ってきた　その志のおかげで　細くなりすぎ足では自らを支えられなくなってしま

った　もう少しいい加減にして　手前でとまったならば　立つことも　残せたのでは等と　勝手なことを思うのは　何でも手に入れたがる人間の性なのかもしれない

逆さ景色を毎日見られるなんて　新鮮かも　もしかして　何処かの彼方に　遡《さかのぼ》り帰れることもあるのかな？　とは修行僧コウモリ君が見せてくれた　ヒトの中に入った夢想　ぶら下がったまま　コウモリ傘ならぬコウモリ羽根をちょっと広げてみせてくれた　ベイビィーと思っていたが　少女だったか　少年だったかもしれない　何だか　成人式を見た気分だが　次に窓外を見た時には　ドジ君は　卒業していなかった

水加減

馴染みの花屋で　「ノウミソサボテン」を買った
人間の脳と良く似た形をしてシワも入っている
と言っても　細かな白い葉針に覆われたグリーンサボテン
花屋曰く「水をあげてはいけません　どうしても
あげたかったら　霧吹き程度　水をあげたら腐ります」

三ヶ月ばかり陽の当たる窓辺で　無事暮らしたサボテン
ある日　名札を再読してみると
「成長期には　たっぷりと　水をあげましょう」
驚き　急いでたっぷりと　水を注いだ
翌朝　ノウミソサボテンは　硬化煎餅風
ペチャンコになって　死んでいた
ショック死したのだ

再び花屋を訪れた時　不注意の有様　懺悔と育て方を聞くと
「よくあることです　私なんか又殺しましたねと
従業員によくいわれます」

誤爆と誤殺の堆積物の上で　静かに　にぎにぎしく
暮らす大切な日々　二十一世紀
隠されたショック死が　処理されて
音楽付映像で　世紀末に語られる常識
脳ミソのシワがふえる度に
重度のペチャンコ死体も増える
貪欲な生命体のたくましい賛歌と惨禍
三ヶ月見守っても　死者となったノウミソサボテンからは
手も足も芽吹かない　堆積物となったのだ

ノウミソサボテン—BRAIN CACTUSカクタスはサボテンの意
育てていくとシワが増えていく珍しい石化サボテン

若鮎

美しい女が　若鮎の姿焼きをかじる
「味がしみこんでいて　臭みもなく
香りもいいですね」
涼し気な浴衣姿の若い女が
貢物のような川魚のぬめりを
ほのかに残した
若鮎を舌に馴染ませる
次は　炊き込んだ鮎飯を
口に入れていく

塗り箸で　口に運ばれた鮎
噛みくだかれて　排泄
鮎の一生は　川端の料亭のせせらぎの
瀬音を背景に　浴衣姿の女の胃袋に
吸収されて　　終了

時間の巡り　美女は幾度か恋もしたが
子も胎まず朽ちて行った　消化された
若鮎も身ごもっていなかったので　まま
創造物ＤＮＡが　一つ消えた地球
変わらぬ時の巡り　自転　瀬音

女に消化された若鮎も　女と同じく大地の
原初の微粒子　巡りのコンベヤーで
運ばれていったまま　濃厚漂流地球空間　ゼロへ

アラ植物の根だわ

排泄と吸収　深呼吸
今度は　何かしら
脳はあるのかしら
なくても　ステキだわ

ドジョウ立像

一キロ　二九八円也　スーパーの魚コーナーの水槽
タイワンドジョウが　蜜団子状態で　泳いでいる
「スミマセン　五匹でもいいですか?」
　エンリョガチニ　エンリョ
「エッ　食べないの?」　魚屋お兄さん
パートおばさん　金魚袋に
水とドジョウを入れている
「あの　水無しで計って下～」
パートおばさん
「タダでいいそうですよ」

水槽に入れられた五匹のドジョウ
リビングのテーブルの真ん中に置かれたので
毎日　ドジョウ姿を　見ることとなった
水面は藻で埋まっている
その藻に頭を突っ込んで　立っている
敷かれた　ゴロ石の間から　顔を出している
ボンヤリと水の中に　浮遊している
水を替えてもすぐ粘液を出すので
煙幕を張ったように
水槽は何処か　トロン　白っぽく濁る

夜になると活発に動き回る
夜行性だったか　それとも　よっぴぃて　明るいせいか
砂利に頭を突っ込んで　エサを探す
惰眠タイプ　水泳選手もどき　突如ジャンプ
三匹は　時々哲学者になり　シッポを水石につけ水中に

斜めスタイルで　同じ角度で彼方を見つめる
何処か　ガラパゴス諸島の
岩上の日向ぼっこ　恐竜顔のイグアナ似

ボンヤリと　水の中に　立ちつくすもの二匹
酸素不足になると　水面近くに顔をだし
腸で呼吸するというが　どうもそうではないらしい
ドジョウといえば　元闇市風レトロ
自由が丘デパート　魚屋の前を通りかかった時
大樽の中はドジョウ　ラッシュ
「三匹　百円」の紙札　通りかかった中学生
三人連れ　「一匹でもいい？」　大将頷き
一匹をビニール袋に入れ　計り台に
「三十二円　はい　カメ？」
「ヘビのエサだヨーん〜」と素っ気なく　言って帰る
突然　ヘビの笑顔が**ライトアップ**
ライトアップ　ドジョウ鍋をつつく笑顔も
ヘビの笑顔も**ライトアップ**　大合掌

毎日ドジョウは　泳いでいるが
時に泳がず　穴堀休息　他の者は
粘液**バリバリ**出して　**ドジョウ**立ち
さあ　お立ち会い　ヘビも　ドジョウ汁もお立ち会い
未来永劫　連続増殖　分裂を　約束された　**ウィルス**
バクテリア　アメーバに　囲まれた水槽
消費時間付きの　固体細胞の
バトンを渡されたドジョウ
ガラパゴスのイグアナに　横姿が　どこか似て
落ちてくる　ザリガニのエサを
パクついている
短命な　ドジョウの　斜め立ち姿が
ウッ　ウツクシィ〜〜

バクテリア　ウィルス　バリバリ
恐竜バリバリ　ドジョウ汁
イグアナ　グルグル
みんなで　グルグル
いつのまにか　　　　ハイ　サヨウナラ

カラドジョウ―台湾ドジョウ一九六〇年　中国から輸入　旺盛な繁殖力を持ち　日本ドジョウは　絶滅の危機を迎えている

ツル

女梅雨のしとしと雨の中で　ツルは蛇のように
くねりながら　登り上がっていく

今昔物語の樹の上に逃れた　女の女陰めがけて
駆け上り女を　犯して殺された　蛇のように

あきることなく　曇天の空の下　降りかかる雨水を飲み
空をまぐさり揺られながら　丈高い薔薇の梢に寄りかかる

さらなる犠牲者を求め　ダリアの茎に忍び寄る
差し出される犠牲者が見当たらなければ　あきることなく求め続ける

古代からの生命の樹には　蛇が描かれている
神のように水を呼ぶ祭礼の主役を　演じて

上昇し脱皮する　蛇は豊穣と再生の象徴とされてきた
鎌首をもたげる蛇は　それほど魅惑的だったのか

旺盛な生命力の誇示はツルも変わらない　太陽を奪い
女植物主人を弱らせ　ストレスを与えて　死に至らせる殺し屋

しとしと雨の季節は　悪暑の予感を秘めている故か
さらに凶暴になり　うねりを強めていく

神の座から降ろされて久しい蛇は
眠りの季節となれば　古代の闇を求めて再び地へ戻る

閉ざされた庭を去る巡り時の前　風を留まらせた光の踊る時
ツルは美しい花を　地上に出現させる　純白の流れる穂花

あるいは酷暑には夕闇に浮かぶ　浴衣美人の緋の女など
変わらぬ今昔の舞台の　続き物を空で舞い踊る

蛇のうねりが　不安と縛り付ける性への多産のイメージを育てた
するりと寄り添い　生命の樹に纏《まと》いつく蛇

古い図譜の中の蛇が今日も　まだ密かにうねって
ツル先に隠れ立つ者は誰か　殺し屋と　女梅雨の日々はまだ続きそう

豊穣と殺意を秘めたツル先は　ことの他柔らかくフェンスに絡み
不安と満月の水を包んで空を彷徨っている

虫達が好む秘密の扉をあけ　ハサミを持って佇む
庭の薔薇を守れば　今年の図譜は閉じられる

Waka-ayu* 若鮎

A beautiful woman bites into waka-ayu broiled on a skewer
"Well-seasoned fragrant
And delicious"
A girl cool in her yukata
Uses her tongue to thoroughly enjoy the river fish
That has kept slightly
Its slime as tribute
Next she inserts sweet-fish seasoned rice
Into her mouth

Lacquered chopsticks bring the waka-ayu into her mouth
Masticated Excretion
The life of the sweet-fish Ends
Absorbed by the stomach of the girl wearing a yukata
Within a brooklet's murmur at the riverside restaurant

Time passed and the beautiful woman fell in love several times
And yet did not conceive a child she was digested
Like the Waka-ayu So
A creation a DNA vanished from the earth
The unchanging circulation of time Rotation Brooklet

The digested Waka-ayu by her was just like her
The origin of particles in a conveyor belt
Brought them into
This dense-drifting-earth-space into zero

*Waka-ayu means young sweet fish

The Sin of Love 愛の罪

In ancient times　　food was carried　　into the female's mouth
By the males　　　　This is also true for penguins
Whose sexual partners await them　　with wings spread
As one glimpses　　their earnest earth-dance
The dream visions expand　　even if the eggs don't hatch
Even if the infant passes　　time strolls forward
An endless voice　　from a singular gene

Temptation calls—sharing food　　sexual intercourse　　procreation
Like an roar from the sea　　Unceasing
In ancient times　　males carried　　into the female's mouth
Words like food
Embracing her tightly was the male's role　　　　But

If they did not accept love from males　　if they did not respond to them
Women in Greek myths were
Made to lose their words and were transformed into trees
Men into flowers　　and women into many trees

The river god's daughter transformed into a laurel, Daphne
Having heard Apollo's sudden confession of love, Daphne
Made to scorn the first man she saw, was taken aback
Her heart pierced by Cupid's arrow
This is how the story cycles

Covering her mouth with bark　　Adorable
Loathing　　Lust　　Not responding to love
Are these such sins ?
Is incapable of responding to love
Such a sin ?

Quantity of water 水加減

At my favorite flower shop   I bought a “Brain Cactus”
It looked just like a human brain and it had wrinkles
Even so   it was just a green cactus covered with white thin spines
The flower vendor said: “You shouldn’t water it   but if you really
Wish to do so   spray lightly   otherwise, it will wilt”

For three months near the window and under the sun   the cactus lived peacefully
One day   I read the nameplate again and it said
“During the growing season   let us water it fully”
Surprised   fully and at once   I watered it
The next morning   the brain cactus   looked like a hardened rice cracker
It collapsed   It died   It got shocked and it died

When I visited the flower shop again   I explained my carelessness   my regretfulness and asked how to take care of the cactus
The vendor says: “It happens,   I am always told by my colleagues
That I’ve killed them again”

The remnants of bombing and murdering the wrong targets   Quietly   Loudly
These have become the important days in which we live: the Twenty-First Century
These concealed deaths from shock   are treated
In videos and in music   as common occurrences of the end of the century
The more wrinkled the brain becomes
The more collapsed corpses are found
The great glory and tragedy of greedy creatures

I have been observing for three months   the dead brain cactus’
Arms and legs do not come back to life   it has become only remnants

二章

砂《サンド》の旅

書棚を片付けていると棚上の隅に赤い箱が見える　みると薄い
インクの走り書きラベルが貼られた　ビニール小袋には『砂』

アブシンベル神殿　―　赤香「あかこう」くすんだ
赤みの黄

アスワン砂漠　―　シヤモワー「ヨーロッパの
高山に生息するカモシカ
の毛皮のような茶褐色」

リビア砂漠　―　礫と混じった「砥《と》の粉色」
鉄の皮膜に覆われた石英粒
「やや黄みのある鈍い色」

ツタンカーメン　―　スライスされたベージュ
の砂岩

スフィンクス　―　ウォルナット　ブラウン
「胡桃色」

コムオンボ神殿　―　ヘアーブラウン
「毛髪の茶色」

など色も質感もさまざま
もう一袋は　タクラマカン砂漠の印刷ラベルが貼ってある
自分で求めたものだったか？

旅を夢見る人に　手渡された『**贈り物**』だったか？

シルクロード展は何度か訪れたが
思い出の異なるものを　『砂』という名目で赤い箱に
閉じ込めた時に　私のものでなくなり

記憶の水脈を忘れぬ　彷徨《さまよう》　ロブノールの湖のように
違う顔をして　立ち止まっていたりする
赤い箱に　砂漠の砂が入れられたときから
赤い箱は『贈り物』をゆっくりと　**犯し続け**ていたのだ

鉱物は生殖しないから好きだという人がいる
血を持たないから　好もしいという人がいる

岩はやがて崩壊して　砂礫となるが　エジプトのものは
砂というよりは　粒子が細かく　粉末に近い細粒砂
火山灰を思わせるものもある、アスワンはサラサラと
ツタンカーメンのものは　ささやく言葉を忘れる　割れ易い石片
砂が飲み込むものは墓に納められた　内臓や心臓ばかりではない
紀元前という時間も　さりげなく飲み込んで太っている
死者には無関心な砂漠

カイロからアスワンへ向かう　**ハヤブサ神**マークを付けたセスナ
リビヤ砂漠を渡る時　機影の下には　暗黒の川筋が
くっきりと支流の水の記憶まで　激しく　見せている
乾いた風で砂漠は　新しい体力と　シルエットを
表現する
霧のような細やかさの　砂塵の臭いを　鼻腔に運びながら
バスでカイロから二十分　テラスからギザの三大ピラミッド
が並んで見える絶景のホテル　ムバラク大統領の弟の経営する
ニセ五つ星ホテル

超早朝スピーカーから　コーランの美声大音響が　朗々と流れ
七階から窓下をみれば　ブレーメンの音楽隊　モーモー　ブーブー

ワンワン　コケコッコー　テント小屋の動物朝ごはん

ギザを歩く　ピラミッドを巡る　スフィンクスを歩く
アスワンの砂は何万回　何億回踏まれただろう　未踏の砂漠を
たっぷり　残して

アルバムを調べてみると　エジプトの旅は二十年も前だった

二十年間　私は何を　しただろう

ムバラク大統領は政権を追われ　アラブの春は混迷のまま
空爆　ミサイル　ガザ　イスラエル　シリア　クリミア　そして
イスラム国のニュース

五十年後　百年後の子孫の地球は知らないが　旅の記念にと
運ばれた砂の旅の終わりは　書棚の隅で忘れられているか
花の庭の名残　暮らしの中の草の中が良い

放射能汚染された砂として　資料館暮らしは脳《ノー》である
ノンは神様の仕事でなくて　人間の仕事だから

マドンナ・リリー（その一）

階段を駆け上がる　パタパタ　急いで　パタタ
レオナルド　ダヴィンチの　受胎告知を開く
虫メガネで視る　大天使ガブリエルが　左手に持つ百合
アップして診る　もっとアップ　アップ　プププ
確かに　別物なのだ　テッポウユリとも
どのオリエンタル百合とも　違う

鉢植えのマドンナ・リリーが　開花した朝
開いた一輪の百合は　清らかな　処女花
黄金のカナリア色の　雄しべに
過剰なほどの　純白の花弁が
神性を帯び　浅く　愛らしく反り返って
蕾は天空に向かって　真っ直ぐ立っている

紀元前クレタ島の壁画に　三本のマドンナ・リリーが　登場以来
薬用として　ローマ兵によって　ヨーロッパ中に運ばれた
ギリシャ神話では　天上の銀河を流れるミルクを　地上で集めた花と
このミルクの色は　天上の成分から来ているというのだが

百合は神々の女王　ゼウスの正妻ヘラの花である
浮気者ゼウスは　人間の貞節固い　美貌のミュケネ王の娘
アルクメネに　ヘラクレスを生ませた
婚約者の戦場からの帰還を　太陽を三日　昇らせず遅らせて
婚約者と瓜ふたつに　変身するという　念のいれようである
ゼウスはまたヘラクレスを　神々の列に加えるため
うたた寝をしている　ヘラの傍らにヘラクレスを置き
女神の乳を吸わせた　あまりに強く吸ったので　目を覚ました

ヘラは　ヘラクレスを　怒りのあまり　払いのけた

不死となった　ヘラクレスの冒険と　十二の難業と共に
ヘラの復讐の物語が始まる　この時
ヘラの乳房から　溢れ出て地上に　滴り落ちた母乳から
百合が誕生したと書かれているのだが　確かに　流れるミルクが
感じられる　乳房の中に溜められた初乳
キリスト教世界では　聖母マリアの花としてマリアの傍らに
薔薇と共に　人間の物語の中に　描かれ続けてきた花

イギリスダイアナ妃が　不慮の事故で　亡くなった時
悲しみの葬儀の百合は　もしかしたら　マドンナ・リリーが
用意されるのでは　などと思ったのは　私だけの思い込み？

棺の運ばれた車上を　ファン「放射状」に飾った百合は
純白のテッポウユリだった「おそらく妃の歳の数だけの」
百合の季節に　ヨーロッパ旅行しても　ナワシロユリといわれる
白百合　マドンナ・リリーに　出会うことは稀であろう

ドイツ人　シーボルトによって　花の国日本から多くの植物が
何度も船荷で運ばれたが途中で枯れ　失われた　がそれでも
二千株は生き残り　ヨーロッパの地に　根づいたと言われている
初めての生きた球根から開花した　テッポウユリの美しさに
驚嘆した人々は　球根を銀で　求めた

その後　カノコユリ　ヤマユリなどの美麗カタログがベルギーで
作られ　日本百合の大ブームが起こり明治期の輸出品に　大貢献
五千万球が海を渡り　多くの交配種も生まれた
マドンナ・リリーは　ヨーロッパの花壇から
消えていかねばならなかった
人ならぬもの　妖精の魂のように　絵画の物語の中に帰り
去って行った　虫メガネからも　遠く

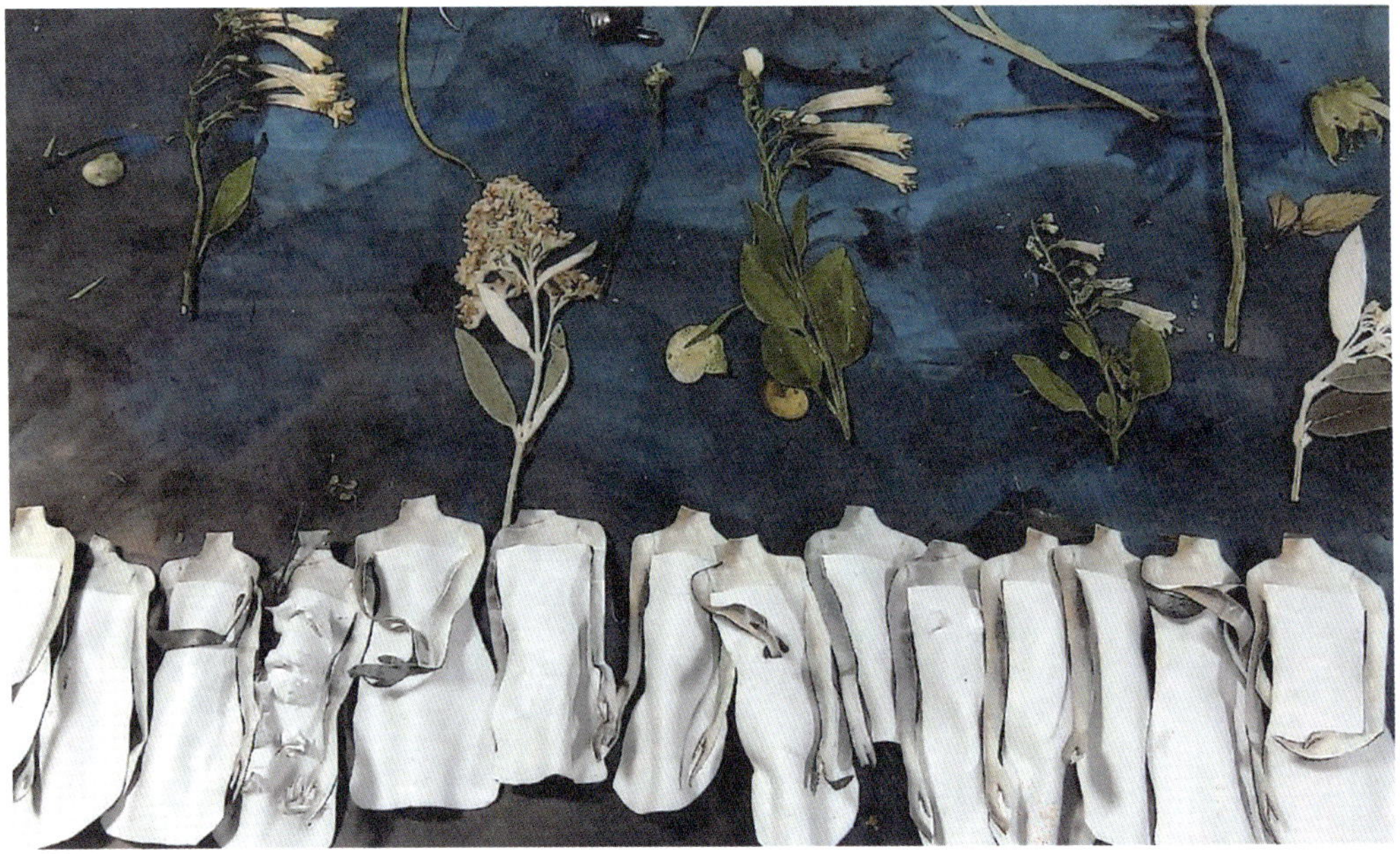

マドンナ・リリー（その二）

人は処女にこだわる　少女にこだわる　そのつかのまの
帰らぬ短さへの　愛慕も含まれるからだろうか
ベルギーブルージュの僧院後に　建てられた　瀟洒なたたずまいの
グルーニング美術館　地方美術館の良さを
館を流れる静謐な空気が伝える　採光の暗みのある穏やかさ
絵を見る空間の距離が　身体に程よいのだ

目玉は世紀末ベルギー象徴派クノップフなのだが　飾られていない
クラナッハの裸婦やメムリンク　フランドル派の絵画が集めてある
ブルージュに　関わりあった作家の作品展示　始めてみる
この地方のオペラ仕立てのような　歴史戦争絵巻が続く
出口近くで　アニメチックな美少女に出会う　マドンナ・リリーが
描かれているので　この少女はマリアなのだ
それにしては　身籠るのは　まだ無理な幼なさを残した少女

貴族の子女か　富裕な商人の娘あるいは　画家の娘がモデル
まるで予約願望仕立て　過ぎ去った世紀に存在した少女　マリア
別れても　扉を閉めても　人のこだわりの中
百合の傍らに立つ美少女が　憑いてきた

＊

「純潔な受胎」つまり「マリアのキリストの生誕前の純潔」
「みごもりの最中の純潔」「生誕後の純潔」という
「三重の純潔」の契約を　絵画の百合にも求める
それほどまでに　中世は　乱れていたのだろうか　と

百合の栄光に嫉妬した　薔薇のエピソードを持つ
ヴィーナスは　百合に　醜悪な男根の形態を与えたと

神話時代は　後々の神様と違って　人間臭くて
いつでもゴシップ　ドラマ・脚本付なので　人気が絶えないのであろう

百合の身辺は　パパラッチに囲まれた　王族並みで
不自由な監視付き時代もあった　全て人間の願望と思い込みなのだ
が　百合という花は脳力持ちなのだ
高温多湿の日本では　育たないと　多くの園芸書には書いてある
夏の暑さとウィルスに冒され　消えていくのだと

イギリスからの種を　十五年位前に撒いたが　発芽すらしなかった
球根が　最初の花を咲かせてから　五年経つが　花は一年おき
咲かない年もあった　生まれた地は不明のまま
氷河期から　形を変えることなく　生き残ってきた　数少ない花
二十二世紀の　小さな　小さな　日本の庭
傍に　いつまでも　いて欲しいのだ
愛しく馴染んだ人のように

人間の精神界に立つ　一茎の百合
今ひっそりと　静寂の中で暮らす百合
教えてほしいのだ　神性を抱えた花弁を生み出し
人間に物語を創らせる　花の力を得たのは　太古の氷河の中
それとも　人間と交わった　旅の途中ですか　と

参考資料　『薔薇のイコノロジー』　若桑みどり
マドンナ・リリー　ナワシロユリ　又は白百合　原産地は不明
バルカン半島　パレスチナ地方等の説がある

マドンナ・リリー

やさしい枇杷

ミラノの川沿いのホテルから　駅に向かって
五月というのに　羽虫が飛び交い
川岸の草は　穂を付け始めている　やがて
路面電車が　軋ませた音と共に現れ　石版画の
乗降客の映像を残して　去って行く

対岸に柳の木が長い枝を垂らし　傍らに
果物屋のテント　日本と変わらぬ
バナナ　リンゴ　イチゴ盛り
季節はずれの柿も　ＫＡＫＩの和名で置いてある
オレンジは昔アテネのホテルで　その鮮やかな赤の
色彩に驚いた思い出がある　果実が放射する
ルビーの赤こそ　南国ギリシャの赤なのだと
日本で　ブラッドオレンジの苗木販売も始まったが
もう一度　出会えるなら　うれしいと
初物の枇杷と　オレンジを頼む
お腹の出た店主は「ノー」と時計を見上げる

「シエスタ」と目が告げている　十二時に
二分程前なのだが　余程貧しい旅行者に
見えたのか　ともかく東洋人には
売りたくないのか？　な

彼の歴史は知らないけれど　帰りかけたその時
そっと　果物の袋が手渡された
カーテンの脇から苦虫顔で覗いている店主を
横目で見ながら　ただ一人の大きな優しい目をした

黒褐色の店員が　手渡してくれたのだ
驚いて　あわてて　お金を出そうとする
私に　静かな合図をした　黒褐色の手

店主はテントの奥へ　消えて入った
彼は「差別」という悲しみを
遠い国から来た　旅人に　味わわせたく
なかったのだ　いつも　彼が
食べなければいけない　食べ物の中にも
そっと　忍び寄って住んでいる寂しい言葉
後で「ヴェニスの商人」のように代価を要求
されたのでなければ良いのだが

初物の枇杷は　完熟でなかったし
オレンジはルビー色　ではなかったけれど
今もテントは　川霧の中に霞んで
黒い人が微笑したまま　店主のように立って持っている
異国の枇杷

コヒルガオ

先生は平伏して　帰宅の挨拶をする
「偽装体」両親の前で　深く　サラに　深々と　頭を下げる
挨拶を受けるのは　浴衣を涼やかに着こなし
団扇を揺らしながら　上座に座っている　元教育者であろうか
ゆるやかな威厳の　背骨を見せる　初老夫婦
打ち水のされた玄関　瀟洒な家の　清らかに
簾の下ろされた　部屋「生徒が訪ねて参りました
どうぞ　やさしく迎えてやって下さい」と

中学三年の十二月　突然親友を交通事故で失った時
病院行きの許可をただ一人　出してくれた教師
遠い河口の町の高校に進学したが　まだ　キヨラカすぎるほど
馴染んでいなかったし　喪失感から抜け出せず
成績も下がったままだった

高校近くの　一人暮らしをしている祖父の家に
夏休みの間　勉強を理由に　家を離れ　心配性で
厳格な父の下では　かなわない遠出をした
高校を通り過ぎ　永安橋を渡り　吉井川を見ながら
行ったこともない　瀬戸内海へと向かう道

水門あたりという　聞き覚えた住所だけが頼りで
幾度も尋ねながら　自転車を走らす　分かれ道は真っ直ぐに
左に行けば　竹久夢二の里や　長船の名刀の地に向かう
高校の範囲は広く　そこから　来ている同級生も
下宿している生徒も数人いた　夏の陽が傾き始めていた
出発が遅すぎたのかもしれない　帰宅した先生に出会う

役場からは先生の奥さんが帰ってきて　挨拶も二つ
眼鏡をかけた　優しい眼をした人が　冷たいミツマメを
ガラス小鉢に入れて　出してくれた
祖父が育て　おみやげにと　不器用に丁寧に新聞紙に
ツツンでくれた　極甘のブドウを　渡す　突然の訪問を詫びながら

先生は四歳の息子の手を引き　近くの砂山に登った
松林の下に植物はほとんど無く　海辺で繁茂するはずの
コヒルガオが　松林の入り口で　カヤにからまったまま
力なく揺れていた　夏の陽はまだ瀬戸内海を照らしていた

私は　親戚からの「もらわれっ子」でねと　先生
まるで「殿様と臣下」　親子ではない挨拶を見て　すぐわかった
入学して間もなく　保体の「血液」についての授業
血液鑑定で親子でないことを　知り　驚いた少年の話を
したことがあった　先生の話だったと　平伏の挨拶は
子を捨てた生母への　受け取った夫婦へのかなしい抵抗なのだ　と

母校で教育実習の時　先生はいなかった
病気のせいだったのか？　さわやか教師の評判は消え
先生の評判はさんざんだった
数年が立ち　帰郷した時　先生が自殺していたことを知らされた
生まれたばかりの　女の子と砂山の男の子を　残して
それも　もう随分前だというのだ

うつ病のせいだと　学歴コンプレックスが　あったのだというが
本当の親がいても　誰もが　強く抱きしめられているとは
限らない
親子という生き物の難しさ　ヘソの緒で繋がった「絶対愛」など
「クソッタレ」だと　叫べばよかったのだ「クソッタレ」を

捨てられなくて　いつもカバンの底に入れている
裏切られたことに怯えながら　誕生の毛根を　親になった今も
悲しいまでに揺らして共振させて見せる
生徒の悩みは　数式の答えのように　鮮やかに
微笑って　間違わずに　切り分けて見せたのに

海辺の岩に絡まり　地を這い繁茂するコヒルガオ
のように　影の松林を出れば良かった
先生の歳を越え　老いて行くであろう
先生に　しっかりと手を引かれていた男の子に
一度だけ先生のことを　良き教師であった姿を
話したいのだが　果たしていない

ネヘレスコール：最長 1m 最大 10kg　2000 年前エジプト壁画や聖書に記された葡萄。緑色で甘い。

ツブヤキ姫

雑木林は夏　低い梢に棲むという
ツユ虫の仲間　草色で
四・五センチもあるというから
つんと立った夏ススキや　葉の欠けたカヤを
そっと分けて小道に入れば　出会うかしら

でも声を聞いた人は　ほんのわずか

一年中枕元に飼育箱を置いても
聞き取れない　愛虫家が「ツブヤキ姫」
と名付けた　クダマキモドキ

愛の讃歌をやかましいまでに　歌い続ける
同じツユムシ科の　アオマツムシも
恋歌を歌うのは皆、雄で　雌は鳴かない

クダマキモドキの雌は珍しく
返事をする声羽も　もらっているが
黙ったまま　答えない
意志表示のなさ　逃げ腰が
どこか好もしい気がして
出会ってみたい

虫の恋は来年も　再来年もないから
惑い　彷徨う時間もない　季節のはざま
一度きりの純愛なのだ
間違いのない　選択なんていらないのだ

ホテルの窓のみで　つぶやかれる
恋言葉もあれば　季節の巡りに心を重ね寄せる
裸身を見せぬ恋の文の梢もある
欲張りを重ねるのは　人だからかしら

雑木林の中で鳴かずに暮らすツブヤキ姫
それとも　一瞬つぶやいただろうか
恋の成就のサインを　雑木林に
残すために　チッチッ　チッチ　と
さりげない　ミント味の　朝の歯みがきのように

ヒヨコ豆

晴天の冬空　マラソン選手がゴールイン
トップはアフリカ選手たち
「あなたの力の源は」
「ヒヨコ豆です」
ヒヨコ豆という言葉を　日本人は重ねて聴くようになった
ソラマメでもない　スナックエンドウでもない　ヒヨコ豆

さっそく園芸業者が売り出した
ミニ黒ポットに　ヒョロリ一〜二センチ　二本入立芽苗
四百―六百円　マラソン選手もビックリ　ヒヨコ豆

種が手に入ったので　蒔いて見る　葉はマメ科というより
草花のルピナスのよう　気候が合わなかったのか
三十センチばかり　ヒョロヒョロと伸びて
ナヨナヨナヨと　倒れ込んで　長雨が続いた後
花も実もつけぬまま　消えてしまった

マサイ族はジャンプする　高く　高く　高く
インタビューで「ヒヨコ豆を食べていますから」と
若く精悍な男子は　ケンブリッジ大留学するが
マサイの男子達は　誇り高い
乾燥牛糞の家に帰りケイタイ片手に　牛追い仕事
濃い霧の中に見えない境界線が　大統領の壁のように
見え隠れしたのだろうか

それとも　ヒヨコ豆の大地が　呼んだのだろうか
日本のマラソン界に上位ランナーを　次々と送り出すほど

アフリカの乾燥地では　貧しい者たちの胃袋を満たすほど
ヒヨコ豆はザクザクと　力強い実をつける
無限の深みの空に向かって　家族のために　生きるためと
垂直に高く　高く　更に高く　ジャンプする

ただひたすらに　一途な愛の家族製の翼の痕跡は
ヒヨコ豆の葉の形をしたまま
私の背にも　痣のように残っているのだろうか

夏の終わりに　もう　一度種まき
ヒヨコ豆は成長し　三つの莢に五つの子孫を残した

ヤマネコ　プラカード

天然記念物は　貴重なので　展示室に住んでいる　鶏肉やマウス
食餌が一日二回　不自由なのは　旅行に出られないことデス
ドンドン
天然記念物は　プラカードを持ってデモ行進しない　プラカードを
持つと「個室」に入らなくて済むの？　いやヒトの　プラカードは
いつも　たっぷりと血を吸って　激しく**バリバリ**　陣取り合戦の度
に　個室に似た　オリを移動させながら歴史は進む　**ドンドン**
秘密の個室は　今もたれ流し　**バリバリ**

プラカードに書く文字を持たなかったことが　個室入りとなるの？
いや　ヒトも最初は　持っていなかった　**ドンドン**
それにしても　脳―g《グラム》の少ないもの　叫ぶ牛　太らされた豚
自動産卵鶏　そしてそれらは食料　**バリバリ**

脳―g　の少ないもの　星と天空を知るもの　ハバたく羽はむしら
れ　**バリバリ**

脳―g　の少ないもの　水の呼吸を知るもの　ヌルヌル　ビラビラ
クネクネ　ワヤワヤ　いとおしい　細胞ピカピカ　妖しい身体パズ
ル　自前ファッション　ヒラヒラ　フルフル　やっぱり　**バリバリ**

脳―g　ゼロのもの　鉱物の友人　土の精に身をゆだねるもの
脳―g　の少ないものたちの食料　そしてヒトが　**バリバリ**

脳―g　のレベルの高いものは「かわいそう」　福祉　フクシ
プラカード　やがて十億が　**バリバリ**

ツシマヤマネコ保護センター入館の折　入場券と共に「ヤマネコ飛び出し注意」のステッカーを手渡される「交通安全教育」を受けられない　文字の読めないヤマネコは　事故多発中　**ドンドン**

丸々太った展示台のヤマネコ　太い尻尾と大きなクッキリアイシャドー目を開けて「お昼寝」から覚め起き上がる　一匹では寂しいのでは?と言うと　元々ツシマヤマネコは　テリトリーを持ち　他と暮らせない　雌とすら　暮らすことが出来ない　孤高の生活　ただ二―三月は　島は九十パーセントが山林だが　雌を求めて　広大な山野を渡り歩く　放浪の旅に出るのだという　今まさに　二月　旅ガラス　シーズンなのだが

残念ながら　君は残り一〇〇〇匹ばかりとなったヤマネコDNAの使者に選ばれてしまった　生涯保障付　お昼寝もおもいのまま　**ドンドン**　ヒトだって　良き相手に　出会うとは限らない　悪女もいればプレイボーイも世の常　**ドンドン**　君の出生は福岡市動物園いつか「御呼び」があった時　君はプレイボーイに　なれるのだろか?　**ドンドン**

ヤマネコの住む対馬は国境の島で日露戦争の時はバルチック艦隊に向かって　**ドンドン**　大砲を撃った砲台が残っている　釜山まで五十キロ　散らばる島々のひとつに自衛隊基地もある　陣取りの最前線なのだ　軍用道路一本のみ通して　江戸時代の生活を島民が強いられていた頃　ヤマネコは天然記念物にならなかった

陣取りの敵は異常繁殖中　交通安全プラカードを持つ　ヒトらしいホテルに泊まると「アニハセヨー」のあいさつとハングル音楽が流れている　たまにクラシックも入るけれど　もし　ヤマネコたちがプラカードを持って「アニハセヨー」とか言いながら　**ドンチャン**騒ぎしたら　夜も更ける頃　ヤマネコたちが　愛されたしるし　のような気がするのだが　**ドンチャン**　**ドンチャン**

吊り橋

近郊の山里に　古い吊り橋が掛かっている
コンクリートの門が付いている　珍しい橋だ
高さ二メートル　長さ七メートル程
対岸の対の門に向かって　鎖が張られて
門と同じ高さの鎖も八本ばかり連なっている
不思議な風情を持つ橋

古いコンクリートは　人間界と自然界との
二つの歪みの渥《あく》のようなものを身に潜ませて
妖怪めいた所があるものだが　この橋は
滋味を青田に散布中　どうやらその先の
一軒家のみの為の橋のようだ

渡ってみると土手の左手には
緋色の藪萱草の花群れと果樹園
樹木茂る勾配のある坂道の途中に
山百合の蕾が見える　左手に折れ
見上げると更に急勾配の坂の上に
祠があり　花活けの榊は少し前のものだ
遠慮がちに進んでみると「危険」の紐が
渡してある　暮らしの終焉を告げた
空き家なのだ

八百七十万戸の日本の空き家の一つ
憤怒や悲しみ　肩寄せた家族の笑顔と孤独を
送り迎えていた黒錆びの吊り橋
父祖の地の沈黙が　噴煙のように

立ち沈んでいる

地を耕して来たものは　体力を失い
地球村経済時代を前に　静寂のまま横たわり
施設に移動し「昭和の遺産」崩壊までを待つ
吊り橋はこれから　どんな時代の渥を潜ませ
更に　凛々しく立ち続けるのか

茶菖蒲

改札口

私の前を　少年を連れた若い女が
改札口を出ていく
広大な雑木林の谷を持つ　坂道を登った
遠い白い住宅の巣に向かって
歩いていくのだろう
女の束ねた長い髪が突然の風に
巻き上げられ　スカーフで顔が覆われた時
女の足が止まった　少年が歩き出しても
女は立ち止まったまま
少年は　奇声をあげ　雑踏に紛れていく
五メートル離れればもう見知らぬ他人の距離

一瞬　女は空を飛んで　サバンナを走った
女豹のように　自分の飢えを
満たすためだけに　　うなり声を潜めて
獲物に近づくように　柔らかな足で素早く
走りながら　ゆっくりと　のびやかに
言葉の届かない　無人の草原を
泣きながら俯瞰　空中遊泳した
女は　見つめられる眼差しから
ほんの少しだけ離れたかったのだ

女が我に返りふっと正面に顔を向けた時
幻のボールを蹴りながら自閉症らしい少年が
笑顔で女の方に戻ってきた

乳房の下の隠れ闇を

消えてしまわない母の罪を　粉末にして
スカーフに包むと女は空に
罪を捨てるように　ひっそりと解き放った

改札口という仕切りが
ささやかな悲しみを
解き放つ扉のようだ　と女は思った
少年と女は　駅の階段を
手と手を繋いで降りていく

私は二つの影を　改札口で
立ち止まったまま見ている

キュウリ

夏野菜を作ってみる
六月キュウリ苗は育ち盛り
少女から乙女へと　茎を伸ばし
葉を茂らせ　花を付け始める

昨日は雄花五つ
今日は雌花五つ
なんという　ミスマッチ
日本の未婚　晩婚の結婚事情と同じ
雌花はメールも受け取らず
萎れて終わってしまった

キュウリ収穫は当分見込めないと
直売所まで　車を走らせ
新鮮なキラキラピチピチ
ビニール袋五本入りを求めて帰る

しばらくすると　学習したのか
七月に入るとキラキラトゲトゲの
実を次々と付け始める
出会わぬことのさみしさは　なさそうだ
仲人の蝶や蜂は見かけないのだが
恋の種は風で運ばれるのか

混雑した駅の向かいのホームやら
街角の通り一本のスレスレのすれ違い
メロドラマが成立するためには

まず姿見の出会いがなければ

キュウリは八月夏の光を浴び
茂りあった葉の谷間に肥大化し
黄変した熟女がぶら下がり
重さに耐えかねて横たわる
女王蜂さながらに
子孫を膨らませて

良く見ると葉陰の裏に
かくれんぼ熟女がゴロゴロ

ああ　キュウリの夏がおわるのだ
キュウリと人間のいとおしさを
鰯雲の九月の秋空に
映したままで

ローブ・ア・ラ・フランセーズ

三章

空鉢

まぶしい夏の陽射しの到来前に
庭の整理をしようと
久しぶりに　庭に立つと
空鉢があるのに　気づく

名札の名前も消えて
何の植物があったのかも　わからぬまま
消えてしまった　子孫の種など
残したろうか

ここは　宿根草の場所だったから
根は残っているかも知れないと
捜してみるが　どの鉢にも
もはや根の　欠片もない

鉢植え植物を　次々と求め置くせい
もあるが　古い鉢はそのままにして
手を入れないというのは
人とのつながりと同じ
疎遠になれば　いつのまにか
違うものが　誕生の産声をあげている

そういえば昔物語に国司になって
地方に赴任した男は　元の女を忘れ
現地の女と暮らし　都に帰ると
忘れていた女を思い出し　訪ねる
あばら屋に変わらず男を待つ

女ユウレイというのが　定番なのだが
植物はユウレイには　なれない
空鉢は　黙って消えていったものたちのサイン
春にいたのに　秋にはもういない
声を荒げることもなく

それでも　私は掘り起こしてみる
魔法使いのように　杖をふれば
どこかに　再生の種が　ふいっと
小さな芽をだして　いないかと
振り返っては　求め続ける

人の生まれ方も　走り方も　植物の消滅も
トカゲやチョウのように　地球という母球に
卵を産み付けては　繰り返し命を育てる
空鉢の中のカスミのような　時の停留所に
ひたすら　腰掛けて

銀ネム

宮古島を訪れると
刈り入れ近いサトウキビ畑と
来年の早苗のサトウキビ畑が続く
道の両脇に　長い豆莢を下げた
ネムの葉群がサトウキビと背を競う

「何というネムですか？」

マイクロバスの運転手さん
「銀ネムです」

「どんな花が咲くのですか？」

「花なんて咲きませんヨー」

園芸種と違って見過ごされる花
風の中に立っている銀ネムは
雑草に紛れ込んで　そよぎ生きる植物
花の色は　胸元に隠され　含み飲まされたことも
忘れられた風の中に佇む　母のミルク色

亜熱帯のビーチ　遊歩道を歩くと
私の庭の　三倍の長さのある銀ネムの
茶色い豆莢が幾本も　冬の浜風に煽られている
幹の脇から　しなやかな若葉と
緑の宇宙船のような　コンペイトウ型蕾を
天空に向けるのは庭の白ネムと同じ

花の中から稀に一本　長くすうーっと
伸びている　それが雌しべだそうですが

数百の花を見ても　雌しべに出会ったことがないのです
結ばれる花も　結ばれぬ花にも
聖なる訪れは　月下の夜の秘儀
銀ネムは伊良部島や他の沖縄の島々の
雑木の中にも茂っていて
私は　飛行機で島に来たのだけれど
ドイツの難破船を命がけで台風の中助けた明治の漁師たち
この遥かな南の島々には　平家の落人たちが
舟を漕ぎ追っ手から逃れ　辿り着いたのだと
そういえば平良《ひらら》とつく名が島のあちこちにある

今や米軍基地にまで葉を広げ茂り
花を咲かせる銀ネムは　生長が早いから
基地緑化に好まれるのだという
点描のミルクの花糸を　緩やかに走らせる
雪白の庭ネムは夜闇の中で開き
朝にはしぼんでしまうが　銀ネムの小円球は
遅くまで開かれたままだ　ただ変わらないのは
夜　葉が畳まれること

夜の葉の形は遠く　エジプトの壁画にも描かれた　セイレーン達は
ギリシャのセイレーンと同じタイプ
決して消えてしまわぬ累々として　繋がる物語の
意識の底を流れる鳥の　羽ばたく羽とつながっていて
隠された生と死の物語は水辺に打ち寄せられる
殺戮の帆柱を舞う仮想怪物達　人間の肉と
虚ろな魂を啄む　凄惨な鳥だが乳を含ませる女も
死者を啄む女も　ネムも生き残ることに
たくましい　聖の陰影を微かに　よぎらせて
月明かりの下で　青葉を羽搏かせている
聖の衣を沈めた　異形のもののように

銀ネム—園芸種のネムは初夏から十月頃まで咲くが冬季は
葉のみで越冬するが、南国の銀ネムは冬季も小ぶ
りなクリーム色の花を咲かせる

セイレーン—上半身が女、下半身が鳥の羽と足を持つ半人半鳥の
海の魔女、アルゴー舟オデュッセウスとセイレーン
の歌声の神話は良く知られている

白ネム

天空のカレンダー

二〇一三年のカレンダーが張られている
義母の寝室　二〇一四年二月に訪れた　私が見ている
無人となった部屋だから
カレンダーは　このままで良い

母のマンションは　三十年程前に建てられた
四十年前はこの部屋は天空だった
人が仕切りを作った

二ヶ月ばかり訪れない間に
工事中だった向かいの建物の
幌が外され姿を現している
十四階のマンション　さらに仕切り部屋が増えた

パンプスの音の中に　海の幸の声や
伽陵頻伽《がりょうびんが》の音曲を地に潜ませ
ビッグサイズのデザインビルを
幾つも遊泳させている　博多の街—そして薬院

田舎暮らしを好まぬ母が選んだ　余生の地
マンションは数棟だったのに
今はマンション植林地区
ベランダ側には　迫るように立つ
高層マンションの人影が
赤レンガやら　白タイルの中を　乗降している
久しぶりに住まい人を迎えて

部屋がほっこりするのがわかる
母と思ったのだろうか
住まい人を迎える　微生物たちの
そわそわ気配が　冷蔵庫の上や
プランターの影から　聞こえてきそうだ

もう　花は送ってくれなくていいよ
水やりが出来なくなったから
賑わう花の笑顔に
毎朝声掛けしていたであろう
背筋を伸ばした　一人暮らし

物干しに引っ掛けられた観葉ツル鉢
鉢を破り太根を垂らし　雨風に揺られて
生き延びている　水に浸して　元の竿に戻す
母との蘇りの時間を　数日過ごして
天空の一室を二〇一三年のままに
また　そっと　閉じた

伽陵頻伽―仏教で極楽にいるといわれる姿・声ともに美しい想像上の鳥

室町椿

宇治平等院の池の中　六百年の眠りから
掘り起こされた　椿の実が発芽して
京都の寺に咲いている
藪椿に似た　花姿の眠り姫

歴史年表を見れば　庭を巡り
そぞろ歩いた　貴族も武士も
そしてうわさ好きの庶民も　誰もいない
室町　江戸　明治　世代交代済み

「第二次世界大戦以降　消滅した国々
崩壊した　百三十三ヵ国」という本を手にする
「売れている」本棚に　飾られている
数字に疑いの目を向けたが

耳に馴染んだ　南ベトナム　東ドイツ　ソ連
旧ユーゴ　チベット他　頁をめくれば
ベニン共和国　カバンゴ　バジャン
聞いたこともない小国の興亡が　ぎゃあ

ざわざわと　虫のような音をたて
逃げ惑う群れに　人の顔が貼られ
頁の間をさまよう　人類の歴史は
血の臭いを拭き取り　初々しく記されている

千年の過ごし方は　生き物によって　それぞれ
植物の種は千年の眠りが

約束されているという　まだ

まどろんでいても　耐えられた　かも
声帯を持たない植物　声を出さず
見ることも無く　ただ感じながら
生き延び続けることは　他の滅びを
繰り返して　感じること　空の子宮で？

寺の室町椿は　まだ一メートルばかりだが
やがて　ポトリ　ポトリと
千年の種を　落とし始めるかもしれない
また　千年を　続けるために

肖像画

美術館の中は　美しき死人がいっぱい
コンニチワ　美しすぎる公爵夫人
薔薇色の頬も　ルージュの重ねられた唇も
舞扇を持つ手も　今は　骸骨
司教も娼婦も皆同じ　腐蝕時間
幾世紀も夢の彼方　権力者の城主と握手

美しい人と視線が交錯する
公爵夫人は何万人を相手にしてきたことか
ポーズ疲れもあるだろうと思う程の
美人画鑑賞　満員御礼の美術館

遊園地の遊具のように錆び走り
ジャンプするデザイン
ヴィーナスだけが錆び止めの宇宙カプセル
千年遊泳　ホタテ貝に乗り波間を漂い
薔薇を吹き寄せられながら
美術館の中で薔薇色の頬染めたまま
恋の終わりの度に　キュプロス島に帰り水浴すれば
処女に戻れるというのだから　とても便利なお約束

想像と創造の翼を持って脳ミソが生み出した
お楽しみストーリー　宇宙樹を育て
禍々しい動物研究　水晶宮の図像の下
死なない神様も　生き神様も誕生
選ぶのは　自己責任と言いつつ
絶えまない破壊　墓石の下の波間を漂いつつ

表皮をめくれば　混沌の怪物が背を見せて
螺旋階段を　上ってくる
秘密の花園はどこかしらと老若男女
静寂な美術館は　案外賑やか

罌粟《ケシ》の始末

白い罌粟の花びらに白い色は無く　吸い取られた光の
透明な　いのちの詰め合わせ
千本の蒴果から百グラムのアヘンが採れる
花が散った後　アヘンが取れるのは　ソムヘルム種
白雪姫花びらが　純潔の花嫁のドレスのように波打つ
セレモニーを待つ罌粟畑　早朝山岳地帯の罌粟刈り人が
訪れる　次々と丸い大きな罌粟坊主へと変身する春の花嫁
幾世紀が過ぎても　麻薬密輸事件が絶えることはない
麻薬密輸殺人刑事ドラマも　絶えることはないが

昔々インド　ムガール帝国時代　グワリオルと呼ばれた
処刑法があったと伝えられている
兄弟　親戚との王権争い　血を見たくない王は
罌粟の実を潰して　一晩水につけた　ポースト
と呼ばれたものが　牢獄の朝　真っ先に食事として
運ばれる一杯の液汁　飲んでからでないと
食事は与えられない　飲まなければ　飢え死にする
食事の為に　受け取られる魔の液汁　一ヶ月もすると
体力と知力を徐々に失い　意識が朦朧として
眠り込むようになり　痩せ衰えた中毒患者は
ゆっくりと死んでいく　予約された死
血しぶきと叫びと批判を避けた　覇者の仕事

元々罌粟坊主「蒴果《サクカ》」は豊穣の女神　デメテル女神の
アトリビュートで　冥界の王ハデスに連れ去られた
愛娘ペルセポネーを探して　荒野を彷徨
眠れぬ夜を過ごしていた女神を　ひと時の眠りに

就かせた薬草　白い花びらを押し潰しても
何も残らない　透明な液汁　いや　残ることもある

欲望という名の絶え間ない権力闘争　葉脈からの囁き
深くて消えることのない　一族生存繁栄の為の
覇者が選ぶ　変わらぬ暗黒の選択

アヘンから生まれ　モルヒネにもなる白いウェディングドレス
をまとった魅惑の乳房を持った罌粟　白い花びらに白い色はなく
太陽光が見せる　透明な権力のない　小さな泡の集まり

薬用にもなる人の植物利用への欲望も　止まることはないが
殺意の白は今も壊れる事なく　乳房を持つ純白のドレスのまま
ヒソヒソ　フワリと　罌粟の花嫁が　夜ごと　隠された
覇者の扉の奥で変わらぬ　ディープキスを重ねる
白い花嫁の進行形ミサイルフレンド達と一緒にブレイクダンス
見えないままのブレイクダンス
地球儀の上で　何時の間にかブレイクダンス

アトリビュート――持ち物

オリエンタルポピー

メダカ合戦

乳青色の水帯が　地球時間を運んでいる
水量の多さが　荒波を急き立て　日めくりを狂わせる
大井川の支流は　豊かな水流故に
岸辺に立つ者の　命の影や唇の傷まで
あらがいとって　海の蒼の境界まで配送する

川根に向かう幹線道路は　バラバラと　マラソン集団のように
車が走り抜けて行くのだが　脇道に一歩入ると
山野草の姫たちがうずくまっていて　ヤマユリや　ヤマハッカ
アキカラマツやらの　四季の姫衣に　虫達の羽衣が重なる

小道に「めだかや」の旗が立っている
平小屋の脇に十二畳ほど　プラスチック水槽　洗面器が
隙間無く並べられていて　山風の涼風のほか　人の気配はない

水槽を覗くとウォーターファンネグロや
スイレン　ホテイアオイの水草の間に
スカイブルー青銀色　キラキララメを　頭から尻尾の先まで
走らせた　ニューメダカ達の群れが泳いでいる

螺鈿《らでん》光スーパーブルー　紅白ラメ幹之《みゆき》　夜桜　琥珀ラメ幹之
揚貴妃　三色朱赤出目透明鱗錦　月紅　黒体内光　オロチ
黒揚羽　ブドウ目　ラメ強　レッドアルビノ　古代魚風等

名付けは　作出者の自由だが　何だか　昭和レトロ劇画風

品種改良交配　新種メダカに　カメラを向ける

と　と　と　と

アニメ風メダカ剣士達が　フレームの中で決闘をしている
青龍と白虎とばかり　それぞれの正義の旗を掲げて　陣取り合戦
大鱗背光極上幹之　螺鈿光スーパーブルー剣士の間に
揚貴妃メダカが品を作っている

メダカは二年で世代交代
消えることのない殺戮の遺伝子は　埋葬された静寂の墓地
懺悔の螺旋がとぐろを巻いて　沈下部屋に眠っている
はずなのだが　永久凍土絶滅を　堪え　再び
揺さぶりが訪れた時　落ち着きどころを求め　漂流する欲望が
聖なる母の胎内で　絶え間なく育つ　怪物の陰影

と　と　と

退屈な平和が来ると　我慢ならなくなって　騒ぎ叫ぶ
バズーカ砲　ビーム　ミサイル　ワープ　何でもあり
倒れた剣士達は　タッチで再起動**ズーム**　アップ　**ズーム**

流れ出る　樹液のような青銀の体液の　波のうねり
流れ出る　ピーチソーダ水　貧血の揚貴妃　日めくりのうねり
流れ出る　宇宙空間色　遊泳アルビノ　散乱　乳青色のうねり
調停が入るまで　餌時間まで　人口調節のペストから　生存率
方程式が成立するまで　小規模戦闘継続　蒼の青ざめた境界まで

小屋のドアに手書き札が吊るしてある

〇〇ファーム　水草　メダカ販売
営業時間８：00―４：00
携帯電話 00000000
http.//000000
姿の見えないときは　お電話ください

客の出入りも　店主の姿も見たことがないけれど
フレームを閉じれば　合戦は消滅する

洗面器　水槽の梁には　モリアオガエルが産卵にきて
ポトリ　ポトリと　命を落として　山に帰るという
小道にフレームをむければ　山野草の姫たちの中に
私は　人間の姿をして　ただ立っているのだが

イチジク　サルタン

水鏡

長い歳月を経て　記憶の里を訪れると
深い夢を見させた化身する魚影も
オハグロトンボの瑠璃の色彩を映した水の流れも去り
水の里の一族も世代交代し　豊かな暮らしの家の静かな浮沈が
庭の草を茂らせている　時間と老化のため　用水路は
人のために奉げられ　水路にはコンクリートが流された
夢を開かせることはできない　屈見《かがみ》―鏡―が死んでいるからだ

川と笹群の並走する　麦わら色のでこぼこ土の長い土手
時折現れる川面の景色や　草の香りをたどりながら
見覚えのある　途切れた土手の急な坂道をくだり
夏陽に反射する　イチジクの午睡する厚葉枝に覆われた
石橋を渡った土手下の最初の家が
一人暮らしの祖父の家だった

家の庭先　十一の石段を降りると
砂川の最初の水の流れ出る水路の始まり
シダの壁面に覆われた　丈高い坂道の石垣は夏も水を滴らせ
石橋にはイチジクの葉が光をむさぼり広がり
その脇にはオシロイ花が　プキプキと花や黒い種を育てている

本流から闇の胎内をくぐり抜ける時
生まれる小渦は砂を巻き上げる
ミズスマシの停留所　ハヤが駆け抜ける　水世界

昼下がり　シュミーズ姿で
そっと水の中に　身を沈める

とろりとした　真空のような昼下がり
坂道を　訪れる人は誰もいない
オハグロトンボが川影で　瑠璃の尾を上下させている

身を沈めた水域は坂岩壁がシダや夏草をまとい
水の霊気を絡ませて下がり　土手下の暗渠　をくぐる水に
聖なる魔力を授ける青闇　水の呪力をなだめ　光に押し出す
たとえ　誰かが　坂を訪れたとしても
小さな獣のように　身を潜めていれば
猟師には　気づかれない

さほど広くない水路だけれど
砂地が足に心地よく触れ
草緑のカモンバも女髪のように水流に弄ばれている
生まれたてのメダカ達が口をパクパクさせ
サラダボウルですくえば　いのちばかり

父は教師を辞めて　先に教師を辞めていた母と
娘たちを連れて　更なる争いの予感のする
跡継ぎの絶えた生家の地へ帰って行った
清らかな水の流れる里の一族に
馴染むこともなく　不和を残して去っていった
本を抱えたまま「全方位反骨　闘争」という
未来矛盾の旗は　自民無所属の市議選が
敗戦に終わっても　畳まれることはなかった

穏やかな一人暮らしの祖父の家で夏休み
月が昇ると砂川の　魚達が川面を跳ねる
月明かりの二階の窓が招く夜の砂川
銀色の鱗が高く舞うのは　いのちへの賛歌　それとも恋の輪舞？
見上げれば　石段の割れ目からはオシロイ花の流星

濃い赤紫や黄や白の花　長いつぼみの花影まで川面に覗かせ
イチジクの葉は午睡から目覚め　光をむさぼり集め
シダは緑闇の水滴を飲み始める　水鏡は葉緑素と天空を映す
魚になった私を見ていたのは　人ではない
屈見の永遠に遊んだ生き物たちとの　高三の夏

四章

王宮の廃園

むかしむかし、遠い海の彼方に、小さな国を幾つも滅ぼして大きくなった強い王国がありました。長い戦争が終わって、王国中の人々はようやく来た平和を楽しんでいました。鎧を脱いだ王様もお后様も元々は花が大好きでしたから、兵士達が集まっていた場所を庭にかえました。それからの王宮の庭には、いつでも庭師によって世界中の珍しい花が集められ、手入れされていました。王宮の庭は広くて、歩き疲れる程でした。庭に噴水や珍しい樹や花、動物や異国の鳥がいることは、他の国にたいそう自慢できることでしたから庭は季節ごとに、美しく飾られましたが、北のはずれにある庭は異国から取り寄せた花にあふれた王宮の庭と違って、何時の頃からか草や樹が茂りあい、重い空気が垂れ込めていましたので、誰も近づかなくなり、何時の頃からか、鍵が掛けられ、やがて人々は北の庭のことを忘れてしまいました。

その北の廃園の片隅に一匹の魔物が住んでいました。魔物は世界中でたった一つのその庭にしか咲かない、珍しい花を育てていました。乱暴で恐ろしいと恐れられていた魔物ですが、優しいところもあり、旅の途中で出会った、戦争や事故、重い病気や貧しさからおなかを空かせたまま命を失って、大人になることができなかった、世界中のかわいそうな子供たちの涙を集めて、創った花でした。目に見えないほど、小さな、小さな、小さな花の精に変えられた子供たちが集まって出来た涙の花は、魔物がやさしく声を掛けると、そっと、そして喜んで花の中から魔物の前に姿をあらわすのでした。お月様だけがそれを見ていました。

旅行好きの魔物は　長い旅から帰るとひとしきりその花を眺め、花の精達と遊び、話しかけたりして、時を過ごすのでした。恐ろしい怪物として恐れられていましたが、優しい心も持っていた魔物は小さな、小さな、小さな花の精達よりも、もっと泣き虫のところがありましたので、長い間いつも、ひとりぼっちで生きてきた魔物は死にそうになったときでも、涙で出来たかわいい花に出会うと、不思議に、生きる力をもらうことが出来たのです。

ある月の夜　月明かりの下で魔物は花の精達と遊んでいたのですが、その日は長い旅から帰ったばかりでしたので、そのまま疲れてうとうとねむってしまいました。

その夜、王国の宮殿にいた幼い王子はなかなか寝付かれずにいました。それというのも、その夜のお月様は、いままで見たことも無いほど大きく輝いて青白く光り王宮の庭中が、深い霧のような紫の光に包まれていて、その上何処かで誰かが王子を呼んでいるようでしたから。

冒険好きで勇敢な王子は一人でそっと宮殿を抜け出すと、庭に降りて行きました。花の香りに誘われて、まず赤い花を集めた庭を通り次に白の花の庭。花好きの王様一家は大勢の家来や商人達を招いて毎年花見大会を開くのでした。次に黄の花庭、最後の水色と紫の庭を過ぎた頃からは、だんだんと花の姿が消えて、やがて花がすっかり見えなくなっても歩いていると、しっとりと夜霧に身を濡らして、まるで彫像のように、立っている樹木たちが、王子を北の廃園へと導きました。

しばらく歩くと、闇のなかに、王子が今まで見たことが無いくらい美しい花が、宙に浮かぶように、庭の真ん中に光輝いているのをみつけました。あまりの美しさに、眠っている魔物にも気づかず、幼い王子は、そのかわいい花が欲しくて、思わず折り取ってしまいました。そのとたん、涙の花は崩れて、寄り集まっていた小さな、小さな、小さな花の精達は、眠っている魔物に別れを告げながら世界中に散っていきました。折り取られ、花の命を失うと、その花の主の処へ、もういられない決まりになっていたのです。

その日から花の精達は蝶や虫達に連れられて、変わった形をした変わり者の花の中や、砂漠の花や水草の中で揺れる花、とびっきり大きな木の花にと、自分の好きな花の中に、新しい住まいを決めて行きました。故郷のお母さんの花壇に帰って行った花の精もいました。弱っている花を元気づけたり、お気に入りの花が見つかると、何百年もくり返し、くり返し花の子供たちを見守り続けました。

やさしい王子は、魔物に謝り、さびしがりやの魔物の為に小さな花のかわりに、旅行好きの魔物から世界中を旅した冒険の話を聞きました。大人になっても、満月の夜、王子はやさしい妖精の花になるのです。王子はやがて王様になりました。五百年も生

きていた老いた魔物はある時旅に出て、人間の戦に巻き込まれ深い傷を負って帰ってきました。魔物は王様の腕の中で亡くなりました。廃園の一番奥に深い深い水の無い井戸がありました。王様は魔物をそっと葬りました。若くして戦争で王様も亡くなり、王様の国も滅びて、王様の国も廃園ももう何処にあったか解りません。大きな赤い満月の夜に遠い世界から、花の精の子供たちが集まって、古い井戸に花を撒くという伝説を聞いたことがあります。そこが魔物の眠る廃園の跡かもしれません。

黄泉の松

六月にグランシップで開かれた、女流美術協会展に「黄泉の松」という作品を出品した。五月に日本詩人クラブの秋田大会に参加、その帰途、仙台泊の折、親切な個人タクシーの運転手、高橋さんと出会い、震災の浜を案内してもらったからだ。仙台から最も近い浜へ車を走らせる。昨日は安倍さん（首相）が長靴を履いてきて、青森三沢基地を回って帰ったとか、一日ずれていて良かった。海岸線と平行に高速道路が走っている。テレビで何度も映された道路堤が防波堤となり、海側の人は家ごと津波に呑まれ、内側の人は、助かったのだと。震災の日の話を聞きながら、荒浜に着く。「三百人も四百人も、打ちあげられた浜」「地獄だった」と、ここは、「子どもたちで賑う良い海水浴場だったのだ」、家を心配して帰った仲間も二人亡くなったこと。ダイエー横で仲間と客待ちしていたら、震災が起こり、地下から人がワッと飛び出して来たこと、拝み頼まれて、おばあさんを四時間かけて家へ送ったこと。荒浜から閖上《ゆりあげ》地区に向かう、まるで静かな休耕田の中を走っているようだ。所々で、ブルドーザーとトラックを見る。二年経つので、大きな瓦礫の山は消えている。車を降りて歩くと、家々の基礎石は皆残されていて、ここの地区に暮らしていた家族の人達の、その後の二年余の生活を思わずいはいられない。二ヵ所あった墓地は、双子のように、津波の渦の形に墓石が倒されたまま、デイサービスの黄色い家は、無言のままに、建物に向かう車道には、カラスノエンドウなどの逞しい草達が、生え始めている。

所々に被害を受けた住めない家が、暴力の暗欝の闇を残したまま、破壊力の証明展示館のように、冷ややかな弧として佇んでいる。一階は剥き出しの、津波の激突の渦穴を見せ、魔をチラつかせながら、帰れない家族に向かって、まるで哄笑しているかのように、今も痛い鬱黒が息を潜めている。海脇の閖上地区に着くと「朝市が賑やかで、新鮮で安い魚を良く買いに来た」と高橋さん。「津波が来て皆逃げた、此処で一番高い所がこの山」と指さすが、四メートルしかない。絶望の高さだ。近くに、看板が立てられている。写真上が、震災前の街並み、下は消えて残された平らな土地の現況の写真。私が何よりも驚いたのは最初に見た荒波の松の姿だった。五～六本あるいは十本余の松の群れの異様な姿、てっぺん近くに、僅かばかりの葉を残した細枝を、どの松も「バンザイ」の姿をして枝を逆さに挙げたまま、亡霊のように立っている。津波が押し上げたのか、松自身か、今は人間が優先かもしれないが、植物といつも過ごしているせいか、人と同じく松の「地獄」を見たのだ。人の賑わいの声の中で、人と共に暮らしてきた浜辺の松、家々の花壇の花々、多くが海に消えたが、残った松達の命も、「わかった」と誰かが言ってあげれば、松は去れるのではないか、こんなよそ者の、旅の途中の者でもよいのだろうかと思いつつ、私でなくとも「奇跡の一本松」に祈りの心を寄せる多くの日本人がいる。二年経っても、日本に大きな悲しみの大地が、今も横たわっている。いつも、ノンビリの私が帰ってから一週間で、詩とコラージュ三作を創った。その中の一つを展覧会に運んだ。

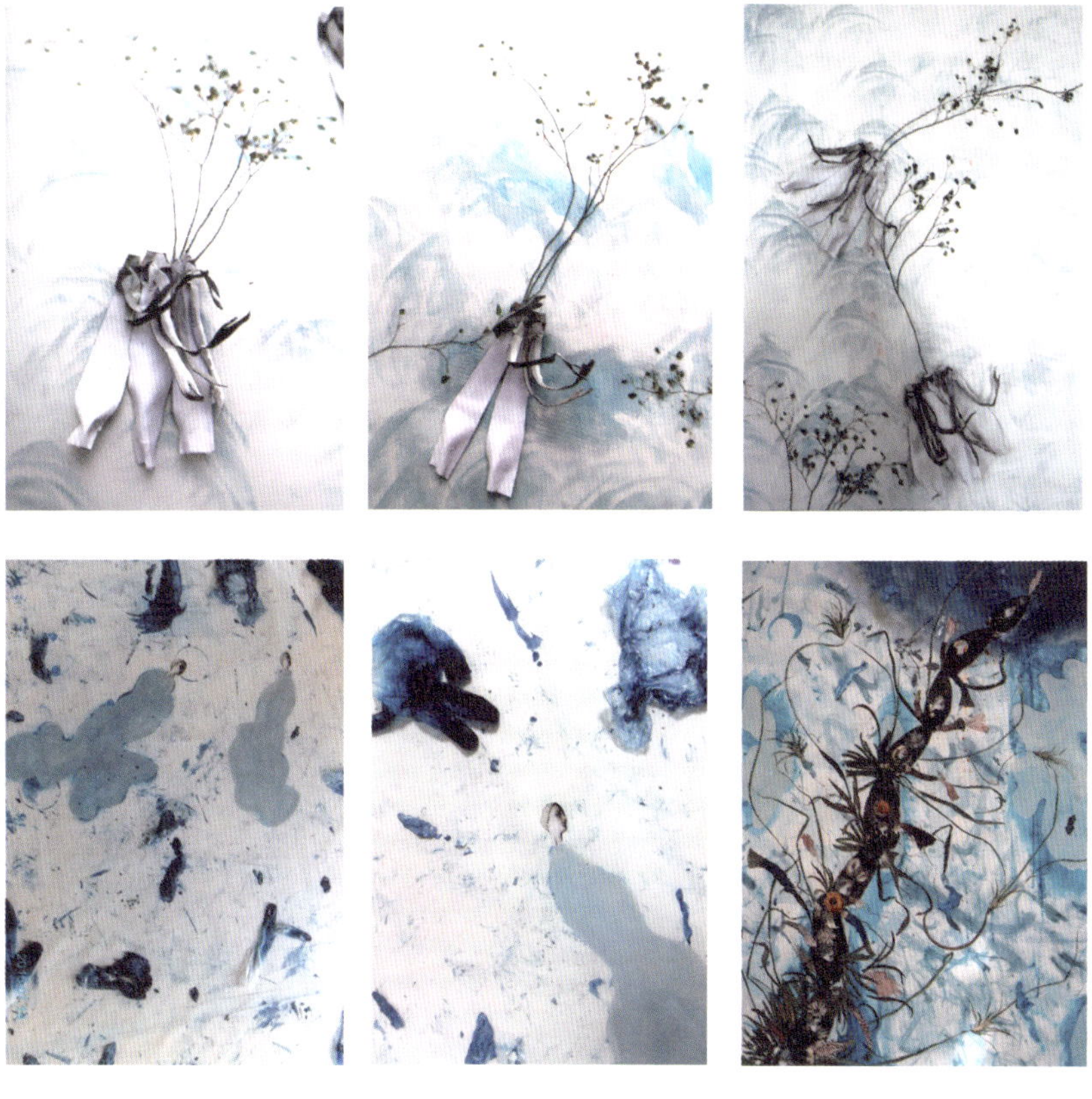

表現の色彩

今春は、家族の出来事が重なった為、博多、東京、津田沼を度々往復、静岡県女流美術協会展――グランシップも搬入直前まで製作、六月、日本詩人クラブ詩書画展「銀座――地球堂ギャラリー」、こちらも二日で仕上げて、朗読と共に参加の有様だった。他の朗読を聴いていると、詩はそれぞれの読み手にとって、深い必然性があるのだと感じさせられる。

講演は小柳玲子氏の「ニカラグア　ナイーフ」などの、世界でまだ出版されていない人の絵画作品出版までの出会いとエピソード。他に日本詩人クラブ二月――駒場東大　中村不二夫氏講演「辻井喬の詩と思想」終生共産党員の経営者であった詩人の側面等、他方面からの言及、終了後は、元日本詩人クラブ理事長の川中子義勝氏の配慮による駒場東大ドイツ語研究室――十一階での恒例の二次会、私も久しぶりに参加させてもらったが、講師を囲んでの雑多？な集まりと会話、テーマのない時間こそ、大切な過ぎ行くメモリー時間なのかも知れない。

又今春見た美術館の中で最も面白かったのは、村上隆の千点のコレクション展「横浜美術館」キュレーターとしての面目躍如の展覧会。先に「村上隆の五百羅漢図」展――森美術館を見た折、時代に立ち向かう仕事と感覚に注目した、が、鑑賞者としては、縄文土器から青磁、現代アートのトップアーティストの魅力的なビッグ作品まで、ごっそり揃えを存分に楽しませてもらった。「私は商人です」と語っているが、これら展示品はほんの一部で、ヨーロッパなどあちこち倉庫やら、スタッフ、欲しい作品を買うには、お金は幾らあってもたりないだろうが、フェルトで作った「フラワーちゃん」を繋ぎ合わせたおそらくスタッフが制作したであろう、玉ころがし大作品。アラブのお金持ちでも買うのだろうか、驚くほど高額だった。用事のついでに中野ブロードウェイに立ち寄った。四階は空室の続く廊下、空間だが一室画廊から灯りとアートが見える。浜名一憲他作品を楽しませて貰ったので、思わずカーテン奥の女性に声をかけるとここ――Oz Zingaroは村上隆経営のギャラリーだという、下の階にも喫茶店二つ有りとのこと、驚いて行ってみる。一つはコーヒー店、一つはカキ氷店のような「フラワーちゃん壁紙」を天井から壁、床まで張り巡らした喫茶。隣に幻想文学専門店を見つけて入店、ちなみにこの日求めたのは「夜想」「幻想文学」「美術手帳7特集ダミアン・ハースト」。他に観た展覧会は、「カラヴァッジョ」展、「黄金のアフガニスタン」展――上野、「ポンペイの壁画」展――六本木森美術館。

アートの赤と文学の赤は違う、エキセントリックに半ば、暴力的に質量を持って眼に入ってくる色。渋味の赤でも直線で入ってくる。

アートの赤と、文学の赤は違う。どちらも豊かさにおいては、同じだが脳が描く、魅惑的な言葉の味わいは、間接の霧の奥の色を、病の如く味わうこともできる。眼と脳の位置の差かもしれないが、この異界のものは、恋情のように繋がっていて、私はその両方が味わいたいと、いつも思っているのだが。
※数ヶ月後、古書店は消え、ギャラリーも会員制甚蛾狼《じんがろう》バーとなっていた。閉店・変化・変更連続なのでご注意。

鉢の上で遊ぶ怪物装飾

海神《わたつみ》伝説と国境の岸辺を持つ島　対馬「その一」

二〇一四年二月、長崎県対馬を訪れたが、帰ってみると、物語の多い島だからか、不思議な想いを残す心が呼ばれる島であったと思う。詩人仲間から、潮が満ちれば海中に、三つの鳥居が並ぶ、和多都美《わたつみ》神社の話を聞いて、博多で用事を済ませた後、訪れてみた。

一泊二日の旅、博多空港から、三十分フライト、厳原《いづはら》は「対馬藩十万石」の城下町、市役所、学校、ホテル民宿などが集まる。ただ一つの中心的町で一日目は、街歩き、対馬歴史民俗資料館、旧金石城庭園、対馬藩主、宋氏墓所「万松院」や旅館、民家街など、歩いていると独特な石積の塀の美しさに目を留めた。レンガ風の島で採れる自然石「砂岩、泥岩、石英班岩」を積んだ塀で主に、茶色の枯色「ベージュ」が多いが、ベンガラ色やコルク色、錆色、葡萄茶など石の色も色々である。又城壁の大阪城などの大石を、見る事が多かったので、自然な形の大きな石は三つ四つばかりで、あとは、横に切った石と、巧みに組み合わせてある様が、珍しく楽しい。

街歩きで驚いたことは、半井桃水（一八六〇―一九二六）が対馬出身であったことである。桃水の生家が記念館となっていて、資料を見ると、「たけくらべ」を、授業で習っていたときは、一葉側の資料として見ているので写真も「一葉記念館」他で何度か見たが一葉（一八七二―九六）の憧れ続けた想い人は、勝手に少し軟な感じの文学青年かしらん？くらいに思っていたが。

硬派の面も見せる知的好奇心の強い青年で、対馬藩代々の医師の家の長男に生まれ、釜山にある倭館「対馬藩士五百人前後が常駐する」貿易――主に「高麗人参」接待・外交等の特区に父と暮らし、島の人々は、「御典医の息子で医学の勉強をしていた」と教えてくれたが明治政府により倭館権益を奪われ、閉鎖されてからは十一歳で上京、共立学舎で英語を学び、三菱に入社したり、比叡山修行、新聞社に入社したものの廃刊、再び釜山に渡り現地情報の投稿が縁で、東京朝日新聞小説記者として迎えられている。釜山で結婚、一年後に妻を亡くし、東京に帰ってからは、弟二人、妹一人を引き取っての生活。一八九二（明治二十四年）友人から紹介された一葉は十九歳桃水三十一歳の時、小説指南の願を持って桃水宅を訪れ、初出会い。明治女流文壇で、賞金を手にした歌塾の先輩などをみて、家族を養うお金を稼ぐ方法、小説の稿料で生計を立てたいと、以後桃水の指導を受けて、小説を書き始める。

そんな一葉に「武蔵野という雑誌を出すので小説を書いてみないか」と薦める桃水、そこには一葉を、支援する桃水の姿があり、後に一葉は、誤解からくる桃水の私生児事件などもあり、絶縁状を書いたりしながらも、終生、忘れることができなかった桃水の姿がある。一葉の作家としての力がつくと、著名作家との交流も、広がり始め、幸田露伴、斉藤緑雨、森鷗外、馬場弧蝶、島崎藤村、泉鏡花の名前もある。奇跡の十四ヶ月といわれる亡くなる前年明治二十八年には「たけくらべ」「にごりえ」「十三夜」他五作を書いている。

一葉が亡くなってから明治三十七年（一九〇四年）の「一葉会」一葉旧宅前で妹と共に、小山内薫や与謝野鉄幹、生田長江、上田敏他十二名の姿がみえる。早世の才能豊かな若き女流作家の死は、惜しまれた事であろう。桃水はこの頃、日露戦争の乃木第三軍従軍記者として、『一九〇四年旅順総攻撃』の密着取材記事を書いている。

ホテルはフライトとセットのホテル、泊り客は十二人、私と連れ合いを除くと、皆韓国人である。朝食の挨拶はアニハセヨー、音楽もほとんどハングル。その他ポピュラー、クラシックなんでも有り、翌朝観光タクシーで島内を巡ることに。Iさんという、元観光バスガイドの経験を持った二児のおかあさん、六時間予約であったが、最終フライトが七時のため、二時間延長、八時間島内観光となった。

最初は、和多都美神社、鳥居の先まで歩いて、蒙古兵や、島の人びとの魂の沈んだ海に礼拝と思っていたので、三つの鳥居が海中にあっては、困るので、干潮時にと依頼したが、回る順序で無理と分かり少し潮が引いた状態でおとずれた。二つはまだ浅く海中にあったが、潮が引いて行き海にむかって直線に並ぶ三つの鳥居は、美しいものであった。砂利を敷き詰めた本殿までにも、ゆったりとした距離があり、燈籠や鳥居ヤブツバキが、赤い花をつけていて、左方の石の上には、しめ縄の張られた、三本足の低い丈の珍しい木の鳥居がある。満潮時には、本殿まで、海水が寄せるのだという。三は何時の時代でも、聖なる数字だが。

Iさんが、さらに奥の裏参道まで案内してくれる。熱帯雨林のように根が地上に出ている支柱根が、巨石や積まれた石おそらく「磐座《いわくら》」に食い込み、大きな樹と石の祭壇は、古代祭祀の雰囲気を、残しているように思えた。

海幸・山幸の伝説は、古事記にも日本書紀にも風土記にもある。日本人には、馴染みの神話であるが、この伝説は、宮崎にも有り、若狭にも若狭姫と若狭彦の類似の伝説が全国に伝えられている。波が寄せ去る海岸という共通の地形が、様々なものを、呼び寄せ、海に囲まれ、海を見て暮らしている人々は、それらを、取り入れ、消化しながら、心に抱いて、波の彼方のドラマの夢見もしたのではないか。

絵本でも紹介されているお話だが、長男の海幸「ホデリノミコト」末子の山幸「ホヲリノミコト」、兄弟のお母さんは木花之佐久夜毘売《このはなさくやびめ》、別名神阿多都比売「カムアタツヒメ」、アタは、薩摩国阿多郡のアタで隼人「阿多君」の本拠地。隼人とは薩摩、大隈地方を支配したインドネシア系異民族で、大和勢力と抗争を繰り返す力を持った豪族。朝廷とも交流がありサクヤビメ説話にアタ女神が重ねられたのは、敗れて五世紀には、宮門の警護に当たったとされる隼人の勢力を、当時は無視出来なかったからではと言われている。

短命説も、バナナ型神話が定説でセレベス

に残る伝説で、最初の人間は、創造神が天から降ろしてくれるバナナを食べていたが、ある時石を降ろされたので、他の食物を求めると再びバナナを降ろし、「お前たちはバナナを選んだのだからバナナのように、命ははかなく、石を選んでおけば石のように不変」と言われても、額面どおりならば、美人と不美人を選ぶのとちがって、少々無理な話である。

天孫降臨以降の神話には、阿多隼人の女神であるコノハナサクヤビメが皇室の子孫「神武天皇」を生む役割をもたされた。父オオヤマツミから山を支配する力を受け継いだ美しい木の花の精の花咲く女神の物語。

天孫ニニギノミコトは、鹿児島の御埼《みさき》で出会った美少女、サクヤビメに結婚を申し込むが、父オオヤマツミの神から、姉を副えてプレゼントされる、が美人のサクヤビメを残し一夜契り、不美人のイワナガヒメを帰した。両方頂いておけば、よかったのかも。華やかで美しいものと時間の永遠は両立せず、石のような不変の時間を御子は、もらえず移ろう生命体としてのサクラの花時間を選んでの皇室繁栄が、約束された。

コノハナサクヤビメが身重になり産む時が来ました。「この天つ御子は、私事で産むべきでないと」訪ねてきた時、「たった一夜契っただけで、妊娠するなんて妖しい、他の男の子かもしれない」なんて、今時ドラマみたいな事を言われて、ニニギを後ろから蹴飛ばしてやりたいところだったと、思うが。

「あなたの子であれば無事産まれる」と出入り口を塞いだ産屋に、更に籠り壁に土を塗りこめ火を放ち、火の中で無事出産する。産後産屋を燃やすことは、沖縄の島々等では習慣的に行われていたようだが、凛とした知性をも感じさせ、神話を、よりドラマチックに、楽しくする女性である。

火の中で出産、水にかかわる御子を産んだことで、彼女は火と水の守護神でもある。山の力を持つコノハナサクヤビメに、度々噴火を繰り返していた富士山鎮火の願いが、こめられ、南の国の女神は、青の波に乗り今や富士山の女神であり日本人の精神界に、凛として在り続けるサクラ・花の女神である。

寄せては返す波を見て暮らす海の民は、南から流れ来た物語を、島に迎えて、育てたのではないか。島を巡りながら、豊玉町という地名に出会った時は驚くと共に、海の民の心が感じられた。

伝説からそれてしまったが、物語は海幸彦は釣り針で海の幸を採り、山幸彦は弓で山の幸を取っていた。ある時弟の山幸彦は、交換を兄に依頼する。渋々兄は承知するが、二人とも獲物は取れない。その上山幸は釣り針をなくしてしまう。海幸の怒りに、自分の十拳《とつか》の剣《つるぎ》で、千本の釣り針を作り、差し出すが、兄の怒りは治まらない。

山幸がしょんぼりと浜辺を彷徨っていると、川雁が罠にかかって、もがいていたので、放してやるとしばらくして、シオツチの神がやってきた。シオツチは潮流海路、航海を司る神で、竹細工や籠職人の神としても、民間信仰をあつめていた神。話を聞くと、見る見るうちに、透き間なく編んだ籠の小船を造り山幸を乗せ、船を押し流し、良い潮路に乗って進めば、魚の鱗のように、家を並べた宮殿があって、それが、ワタツミの神の神殿ですと教え、その後の行動も指南する。

神の宮の御門の傍らの泉のほとりに、神聖な桂の木があるので、その木に登ること、トヨタマビメの侍女が水を汲みにくるのを待つこと。そのとおりにしていたら侍女が現れ、泉の水に光が射していたので見上げると「この場面は、青木茂の――『わだつみの魚鱗《いろこ》』の宮で、有名である。又この南方説話はインドネシア、メラネシア方面に源流があり、隼人族によって伝えられたのではないか、と言われている」。

木の上に涼やかな姿をした若者がいたので驚くと、「水を」と言われ、侍女がすぐに水を汲んで、差し上げると、山幸は水を飲まず、首にかけていた玉を解いて口に含み水の器に吐き出した。玉は器に付いて、離れないので、驚いた侍女はそのまま、トヨタマビメに差し上げた。

不思議に思い外に出たトヨタマビメノミコトは、凛々しい若者姿の山幸を見ると、父の海神に知らせた。海神はわかっていて山幸を、心からもてなす。山幸はトヨタマビメと結婚し、三年を過ごすが。

ある時釣り針の事を、思い出し海神に告げる。ここからは、おとぎ話にも良く出てくる場面だが、海神が海の生き物たちを集め尋ねると、近頃赤鯛が、喉になにか刺さったらしく、物が食べられないで困っている、と申し上げるものがいて、海神は赤鯛の喉から針を取り出し、清めて山幸に返された。

ここから、物語も後半に入り、帰る娘婿の山幸に海神は知恵を授ける。この釣り針をお返しになるとき「憂鬱になる釣り針、気がいらいらする釣り針、貧しくなる釣り針、愚かになる釣り針」ととなえて、手を後ろに廻してお渡しください。兄上が高い土地に田を求めたら、あなた様は低い土地を求め耕し、又反対の時はその反対をして、私は水を支配しているので、兄上は凶作に苦しむでしょう。又、戦いを挑んできた時用に潮満珠と潮干珠二つを授け、ワニの背に乗せて、一日で送り返したと書かれている。海神の教えを守ると、兄は弟山幸に服従した。物語では、末子が幸せになるケースが多いのは、力を持たない者が勝つ方が、読者心理を満足させるからだろうか。

ラストドラマは、出産、海神の娘トヨタマビメが、地上の山幸の元を訪れ、以前から身ごもっていたのですが、出産の時期になりました。天つ神の御子は、海原で生まれてはならないと、海辺の渚に、鵜の羽『当時の安産祈願の呪《まじな》い』を葺草にして産屋をつくりかけたが、完成しないうちに、産気づいてしまった。急いで産屋に入り夫には「異郷のものは、本来の姿で産むので、決して、見ないでください」と、言った。

物語の始まりも終わりもそうだが、男が禁忌を犯す禁室型説話で、「鶴女房」等とはニュアンスが違うが源氏物語の『柏木』の巻も、禁忌を犯した故、顔もみたことがない、源氏の正妻女三宮に、熱烈な恋文を送り続けていた貴公子柏木、風が御簾を巻き上げ翻し宮の姿を、一瞬、垣間見たことから、激しい恋へと移っていく、一歩進んで、風は「鏡」の役割をして、女人を映して見せたのだ。たいていの物語は、覗き見、垣間見によって、もうひとつの「鏡の中の女性」を知りお話は、ドラマチックに終結へと走り出す。

妻の言葉に好奇心を抑えられない男子ニニギは、覗き見してしまう。姫は八尋《やひろ》もある大鰐「サメ」に化し、身をくねらせていた。山幸は恐ろしさに逃げてしまう。

出産を終えた姫は、恥ずかしいところを見られてしまいました。いつまでも海中の道を、通って行き来しようと思っていましたが、かなわぬこととなりました。と言って海のはての境を塞いで、帰ってしまいました。

が、夫への変わらぬ思慕、わが子の心配から、妹のタマヨリビメ『神霊の依り付く姫の意で一般に巫女をさす』を使わし、養育係とした。子供の名は、「鵜葺草葺不合命」ウガヤフキアエズ『鵜の羽の産屋が葺き終わらぬ前に産まれた子』実に正直な名前のつけかたに感心する、が後に叔母のタマヨリビメと結婚し、四人の御子をもうける。そのうちの一人が初代・神武天皇である。

山幸「ヒコホホデミノミコト」は高千穂宮に五百八十年住まわれたという、神話の世界のお話である。高千穂といえば宮崎であるが、はるか彼方から、時空を超えて、青い波が寄せ運ぶもの、海の彼方を見続ける暮らし、その中で、花開く物語。長崎には実に、多くの島々があるのに、対馬に豊玉町がある。男女の出会いの様なもの、引き寄せる心がなければ、留めることが出来ない、いつか流れ去ってしまう。

今思い出してみると和多都美神社の海に向かう三つの鳥居は、もしかしたら、人と異郷を結ぶ道標、人が異郷を訪れる、あるいは、海のものが訪れる際の、入り口、儀礼と心の準備の為の扉、海の中道への目印ではなかったかと、思ってしまったりするのだが。

蒙古も朝鮮通信使もまず一番に上陸の国境の島、対馬には、呼び寄せる不思議が、あるのかもしれない。久しぶりに、読んでいると面白くて、島巡りを忘れてつい、物語を書きとめてしまった。

次回は島巡り、海神神社です。

参考資料

半井桃水と樋口一葉と日露戦争の時代／友納徹著

レンズが撮らえた幕末明治のおんなたち／小沢健志監修／山川出版

樋口一葉と十三人の男たち／木谷喜美枝著／青春出版社

古事記「上」 吹田真幸著／講談社学術文庫

古事記・日本書紀／西東社

日本の神様／山川出版

対馬歴史観光ガイドブック「一社」対馬観光物産協会

平成一六年九月吉日
2014.02.06

海神《わたつみ》伝説と国境の岸辺を持つ島　対馬「その二」

　和多都美《わたつみ》神社を後に、海神《かいじん》神社に向かう。海沿いを走り始めた時、昨日交流センター内のスーパー魚売場で「生鯨」の刺身パックや目キラキラの「小アジ」「太刀魚」「イカ」などを見たと言うと、ドライバーのＩさん、少々苦笑い気味に、微笑んでいる。「魚など一度も買ったことがない。今晩のおかずが無いと言えば子供たちは釣竿を持って、そこら釣り糸を垂らせば、タイ、タコ、エビ、タチウオ、何でも釣れる」と言う、釣りが趣味のご主人も、日曜日は、舟に乗りタイの大物釣り、ドライバーさんも、舟持ち友人に、誘われて、よく釣りには出かけるという。

　海神神社に到着、三百段の階段を上がると、壮麗な美しい神社が出現する。能舞台を思わせる、磨き上げた広い社殿、柱に菊の紋章が貼ってある。驚く程の品格と威厳を備えた、海の守護神、トヨタマヒメを祀った島の一の宮神社である。帰り道、階段を下ると右手に書庫、倉庫らしきものが二つあって、何れも正面から見ると、正方形っぽく感じられる。小階段の付けられた高床式のイメージのある、凛とした鉤付きの強固な建物である。一つは神社の宝物館、一つは観音寺の倉庫という事であったが、この宝物館から新羅仏を盗んだのなら、それは泥棒である。対馬には、現在百九十体の古仏像があるが、その四分の三は無人寺という。世界中の文化遺産の現況を見ても、仏像は速やかに、この神社に返されるべきで、当たり前のことである。

　島内を走っていると、其処かしこ、人家の物置が点在しているが。「物置」ここでは「小屋」と言うらしいが、少しばかり三十センチ程か高床にしてある。島民には当たり前の小屋であろうが旅行者には、その佇まいが、愛らしい。中には、一族が集まった折の、什器、食器類等も納めてあるらしい。ドライバーのＩさんは、「総家の嫁には、絶対なってはいけない」と言う、「母が今なっていて、一年中、折々、訪ねてくる親戚、縁者宿泊等の世話をして、一年中休みが無い」という。その言葉から、多くの祭祀が今もあり、島独特のものが残っていると感じた。道すがら、「あそこは元御家老の家。少し先の家は今、空き家」と良く手入れのされた垣根囲いの家を指さす。近年、島では空き家が増えているという。島を出て就職、家を建てた子供たちが、親を呼び寄せる逆流出が、起きているのだという。そういうＩさんのお嬢さんも、鹿児島の看護学校へ、中学の息子さんは、長崎の高等学校へ四月には旅立つのだという。

　島の歴史は魏志倭人伝にも、載っていて、「南北は三日程、東西は或いは一日、或いは、半日程なり。四面は皆石山にして、土痩せ、民貧しく、煮塩、捕魚、販売をもって生となす」とある。対馬が国境の島と思うのは、飛鳥時代、遣隋使小野妹子一行が停泊、平安時代では、天台宗開祖最澄が、対馬「阿連」に帰着。十二世紀鎌倉幕府から派遣された宗氏、地元勢力を、滅ぼし実権を掌握、以後六百年に渡り対馬を統治、明治の華族令により、伯爵に列している。島には万松院という菩提寺、その横に山頂まで長く続く階段の左右に灯篭を配し、立派な墓石の数々、山一つが宗氏一族の墓所、の感があり、如何に宗氏が、強大な藩主としての力をもっていたかを示すものであった。

ともかく八十九パーセントが山で、耕地が三パーセントしかない。釜山まで四十九・五キロの対馬の生きる道は貿易を盛んにすることで、宗家は代々そのことに力を注いできている。製塩を盛んにし、交易品として塩と魚「海女や、海豚《いるか》漁、他で得た海産物」を輸出し、穀物を買っている。中世の対馬貿易は、国内では大坂と北九州との中継貿易で成り立っており、鎌倉に税を納めるためにも、津々浦々に関所を置き、入港の船舶から税を徴収している。

対馬といえば、元寇を忘れてはならない。十月五日九百隻の戦艦で対馬の佐棲浦「現小茂田浜」に上陸、迎え撃つ守護代「初代」宗資国《すけくに》以下八十騎全滅と対馬側の資料にはある。驚いたことに、書店の元寇の資料は鎌倉目線での記録がほとんどで、対馬側の資料が余見当たらないことだ。当時三千余の島民、多くの男達は殺害、又は生け捕りにされ女たちは集められ、手の甲に穴をあけられ綱を通して船に結びつけられ、他の島民は、島を覆う山林の中に散り逃げたと。その後、元の水軍は壱岐を、襲撃している。一二七四年、十月十九日（文永十一年）博多来襲だが、元軍は急遽《きょ》去りその後フビライは二度に渡って、鎌倉幕府に使者を送っているが、使者を斬首、二度目は鎌倉に着く前に使者を斬首して徹底抗戦を示し、使者が帰って来ないのを知り、次に弘安の役が興っている。

もう一つは、「倭寇」問題である。南北朝時代の最中、一三五〇年、倭寇が朝鮮半島や中国を活発に襲撃するようになった。その甚大な被害に、対抗、防ぐ為の朝鮮からの大規模な襲撃事件「外冦」があるが、余り伝えられていないのではないか。一四一九年（応永二十六年）倭寇の一団が朝鮮半島の忠清遊《ちゅうせいどう》庇仁県都豆音串《ひじんけんとおんかん》などを襲い明に向かった。朝鮮政府はそのすきに倭冦の本拠地の一つ対島を攻撃、六月十九日、李従茂《イジョンム》は二二七隻、一万七二八五人の大軍を率いて、上陸、大小一二九の船を奪い大半を焼却さらに民家一九三九戸を焼き、十四の首級、二一人を生け捕り、田畑の作物を刈り又、倭冦に捕えられていた中国（明）人一四六人と朝鮮人八人を救助、「被慮人は労働力として、売買されていた」李従茂は七月三日兵を巨済《きょさい》島に引き日本、朝鮮で善後策が講じられ、この後倭冦は姿を消して行く。その後、抑留島民返還の交渉が、長く続けられた。応永の外冦後、倭冦は平和な通交省に変質したとされているが、その後一五一二年三浦《さんぽ》の乱が起きている。国境の島対馬は、まさに、日韓の歴史舞台でもある。

倭冦の中には優遇政策の結果、朝鮮に帰化するものもいて、官職が与えられた者もいたというが、朝鮮は日本からの歳遣船《さいけんせん》と呼ばれる貿易船の渡航数を制限し始める。一般は一〜二隻、宗氏は減少して五十隻、入港する港も制限、三港のみとして三浦と呼んだ。三浦には、対馬をはじめ、多くの日本人「恒居倭と呼ばれた」が住むようになり、人口調査すると、四二〇戸人口二二〇九人、寺院十五の記録も有り、三千人余の時もあったといわれているが、朝鮮側は警戒し圧迫を強めていく。その不満から一五一〇年、三浦の乱「背後に宗氏」がおこるがすぐに鎮圧され、対馬・朝鮮関係は断絶する。その後宗氏は、島民「壱岐も含む」の倭寇参加を厳しく取り締まり、倭寇情報を知らせ、信頼を得る努力を代々重ね、貿易、交流を戻していく。

中世の朝鮮官人等の対馬の記録「一四八七年」には「島主の居ますところの民家二百戸に過ぎず、諸浦は数十余あるいは五十余家の集まり、土地はきわめて痩せており水田はなく、みな山田を耕作して食料とし山林を伐ることを禁じ、葛根を採ったり、海の魚を採って食している。人々は多く飢えており、人々は倭寇となって生活を維持せざるをえなかったのだろう」。以前は朝鮮の辺境を襲い、生活の資としていたが、今は島首がこれを厳しく禁じているとある。日本人の生活が皆貧しかった時代、水田のない島の生活は、更に厳しく、過酷でもあったろうと思う。

厳原《いづはら》の町に朝鮮通信使記念館がある。煌びやかな衣装を付けた馬上姿の使節団、四、五百人の一行の絵巻、随員の中には、学者、文人、書家、画家も加わる一大文化使節団。対馬藩より釜山に迎えの船を出し、八百人の警護を付け、厳原から江戸へ、往復五ー八ヶ月、二百年間十二回、一回に付き前後三年はかかわり、費用は莫大で百万両（約五百五十八億円）、それを支える十七世紀半ば黄金時代があった。輸入する朝鮮人参や生糸、島内の佐須銀山の採掘で「西国一の長者」ともいわれたようだが、徳川八代将軍吉宗は銀の流出を問題視、貿易の締め付けを開始、その後、貿易不振などから苦しい時代を迎え幕府から、借金を繰り返し、長く財政難にあえいでいる。

島の中央を一本の国道八六・八キロが島を貫いている。山沿いを走っていると山裾のあちこちに、ノッポのきのこのようなものが並べてある。蜂洞といわれるもので、この島には日本ミツバチしかいない。丸太をくりぬいて、島民が、山のあちこちに置いて、天然ハチミツを採るのだという。Iさんのお父さんも、蜂洞《はちどう》を作り、置いてきたが、「何処に置いたか忘れた」という楽しさである。遠目で見た観では、五十センチばかり、雨よけに雑兵が被るような鉄帽が乗せてあり、白アリ、防虫に白く塗られているものもある。島民各自のオリジナルであるが、ユニークで楽しい蜂洞は、島興しになるのでは、と勝手に思ったりしたが。

国境の島は又、一九〇四年~日露戦争の重要な舞台ともなった。笹の茂った道から棹崎砲台跡に入る。広いコンクリート空間、円窓、覗くと海原が見えたので驚いた。ここから、バルチック艦隊に向けて大砲を発射したのだという、水平線を突然見たせいか、臨場感が伝わる。次に夏には対岸の釜山の花火が見えるという一番高い烏帽子岳展望所に案内される。十人ばかり若い観光客が次々と展望台に昇り同じ景色を見る、皆韓国から来た若い旅行者である。現在島民人口は三万八千程、大阪のたくましいおばちゃん達もくるが観光客の殆どは韓国からである。反対側はふんわりとした、小山のビスケットが野原で遊んでいるように見える多くの島々の集まった、美しい小島景色。韓国展望所で視線を変えると、

眼下に自衛隊の基地が見えるここは、やはり国境の島なのだと思った。又、

古代の国境の島、島には防人の歌が残されている。博多から、フライト三十分の、現代と違って、家族と別れ、ここまで、連れてこられた人々は、どんな思いで、毎日海を眺めていたことだろう。万葉集に対馬の防人の歌がある。歌碑が十一あるが、重なりがあり、十句、その中の三首、

秋されば　置く露霜に　堪へずして
　都の山は　いろづきならむ
　〔巻十五—三六九九〕

対馬の嶺は　下雲あらなふ　可牟の嶺に
　たなびく雲を　見つつ思はも
　〔巻十四—三五一六〕

竹敷の　玉藻なびかし　漕ぎ出なむ
　君がみ舟を　何時とか待たむ
　〔巻十五—三七〇五〕

午後をすっかりまわってしまったのでIさんの馴染みの寿司店に寄った後、小雨模様の中、ツシマヤマネコセンターに行く。他に入場者はいない。展示小屋の中で、丸々と太った福岡動物園生まれのヤマネコ君が「夜行性の為」半分御昼寝中。職員に鶏肉等もらい、大切にされているが、何処かさみしい。交通事故死も、多く、今や千匹ばかり、鶏小屋などを荒せば害獣となり、人間との生活圏で問題となるだろう。天然記念物は、人間が生み出したものだから。一匹では寂しいのでは、というと、テリトリーを持ち、他と暮らせない。二—三月になると、広大な山林を、メスを捜して放浪の旅に出るのだという。さすらいのヤマネコ君に応援、声援。

私が、この旅で見落としたもの、それは対馬が海岸墓地の地であったこと。Iさんに頼んで、国道から脇道に降り港の一つでも寄れば良かったと。『対馬の海岸墓地から神々誕生』大江正康氏によると、かって寺院設立以前、島内の村々では死者を海岸に埋葬し墓地とした。海岸段丘で普段は波が掛かることはない。しかし、台風などの大時化《しけ》には遺骨や祭具など遠くに流されて、行方不明になる。遺骨は海の彼方に運ばれて祖霊に昇華し、身内を加護してくれる、祭りの日などに祖霊は、海の彼方から満ち潮に乗って里帰り、岬の先端部は祖霊の漂着・上陸する指定地だったと。その場所を住民は「寄神《よりがみ》」と呼んだ。島巡りで思ったことだが、土少なく瓦礫の多い島では、すぐに深く掘るということが難しく、海岸がもっともふさわしかったのではないか。埋葬し傍らに目印として松を植えて、墓標とした。対馬独特の風習として、多くの写真資料が掲載されている。

最後にIさんが伯爵・宗武志《そうたけゆき》氏と朝鮮王朝最後の王女、徳恵《トクヘ》姫のロマンスの話を聞かせてくれた。厳原の町を散歩していた王女を、島民たちもIさんも良く見かけたこと、二人を島民は大歓迎していたこと、戦後望郷の想いから帰っていかれたことがとても残念と。

一九三一年宗伯爵と李朝最後の王、徳恵姫との結婚、新婚の二人は島を訪れ島民や在韓国人に、大歓迎された。宗氏は千葉久留里藩藩主の家柄、対馬藩藩主の実弟に嫁いだ母の縁で、東京に住んでいた武志は十一歳で対馬

藩主の養子となり、旧制対馬中学を、優等で卒業後、学習院高等科、東京帝国大学文学部「英文科」を出た端正な面持ちの学者で、白秋門下の詩人として多くの詩集を出し、校歌や「新対馬島誌」に島民の心を打つ巻頭詩を寄せたとされ、貴族院議員としても活躍したが、時代の嵐が吹き荒れ二人は、飲み込まれていく。徳恵姫の方は高宗の王子李垠《リウン》と共に、日本政府の政策で学習院に通学、李垠は皇族梨本宮家の方子《まさこ》と、徳恵姫は伯爵宗氏との国際政略結婚とも言われる結婚であった。徳恵姫は統合失調症を発病、新婚生活は不安定な日々であり一人娘の正恵《ジョンエ》も一九五六年遺書を残して駒ヶ岳で自殺、激動の時代の波に煩労される人々、戦後両国関係が悪化その中で徳恵姫は、東京の精神科病院で時を過ごし一九五五年（昭和三十年）離婚、徳恵姫は一九六二年帰国、一九八九年病院で永眠している。

今も韓国から花を持って、厳原にある結婚記念碑に「悲劇の花嫁」として、花を捧げに来る人が絶えないようであるが、不幸な結果に終わったとはいえ、島民の気持ちは、少し違うようである。殆どが東京暮らしであったと思われるが、対馬で過ごされることもあったであろう。小さな町でもある厳原散歩中の王女を、良く見かけたという別の女性は、姫には精神病の質「精神分裂病」があり、よく町を彷徨われていた。一人出来た娘も同じ質を受け継ぎ、行方不明となり、不幸が重なって、帰って行かれたと。幸せそうな若い二人の初来島記念新婚旅行時代の写真もあるが、その後宗氏は沈黙を守り続けた。不幸な時代の結婚であったといえ島民が、二人のロマンス・幸せをどんなに願っていたか、島民にとって、宗武志は変わらぬ敬愛する藩主で、一方的な見方のみをされることが、如何にも残念と言う口ぶりであった。私のささやかな、見聞旅行記である。今再び日韓関係が悪化しているが、長い歴史を持つ二つの国の良き人々や文化の交流は、絶えることが無いと思う。改善されることを願うのみである。

参考資料

対馬と海峡の中世史／佐伯弘次／山川出版

対馬の海岸墓地から神々誕生／大江正康

戦争と平和と国際交流／永留久恵／対馬国志刊行委員会

徳恵翁主／権丕暎《クォンビョン》／合同出版社かんよう出版

対馬歴史観光ガイドブック

善隣外交の華朝鮮通信使パンフレット／対馬市

半井桃水館
開館中
伝 半井桃水生

クリスマスローズ

「青」いろいろ考

「青」という色は、魅惑的な幅広い色相を持つ故に、人の深層の傍らに佇み、幻想のイメージの中核となる色である。エジプトのミイラが、青く塗られているのは、「青」が真実を表す色であり、真実の魂との結合を示す為であったからだと言われている。石室の壁画を埋め尽くす彩色壁画、現世を仮の世とし「死者の書」に導かれ来世に行くための物語は、神聖獣神と人間と合体した奇妙な神々と来世思想は、そのユニークさ故に今も人気である。ヘブライでは、永遠の青春を表わすとされている。オックスフォード大学の色は暗青色、淡青色はケンブリッジ大学、高貴さを表わす王室のロイヤルブルーもあり、好まれ方がわかる。

一年程前、ダウジング「ベンジュラム」というものに、出会った。細長い三センチばかりの銃弾型のラピスラズリ、その上に白い砕石のカプセルをつけシルバーで巻き、十五センチばかりのチェーンが付けてあり、地面に向けて歩きながら、振動「筋肉の動き」を感じて使う。十八世紀頃の石版画等に、水脈やら鉱脈やらを捜すのに、分岐した枝や、錘を吊るして歩く、錬金術師などいなかったか。「瑠璃の暗青」のラピスラズリが、目に入ったので、万華鏡を買う楽しさで求めてしまった。

これを求めた店は、東横線自由が丘、正面出口右横の線路沿いにある「自由が丘デパート」である。デパートと言っても、元闇市風の名残を残す、楽しい市場デパートである。狭い通路を挟んで、婦人服飾店が多いが、佃煮、魚屋、宝石アクセサリー、着物、パール専門店、コーヒー豆、化粧品店、文具、花屋、トルコバザールに小鳥獣店まである。地下には画廊、服地、骨董、空き部屋、二、三階はレストラン、以前は地下に古書店があり、近くの八雲神社横に、花屋があったりしたので、隣の都立大駅で研究会等ある度、帰り立ち寄る事もあったのだけれど、花屋と古書店が消えてからは、足が遠くなっていた。私は、ラピスの「青」の中の何に惹かれて、足を止めたのか？「青」は誰にとっても、馴染みの海の色、空の、宇宙の色である。共に人間の存在に関わる色である。「青」の中に永遠性や無限の空間を人が読み取るのは、変わらぬことだと思う。又「青」の軽快さから肯定的な面を多く感じていたのだが、谷川健一の〔常世論〕では、別の「青」が語られていて、新鮮な思いをした記憶がある。沖縄では「青」は死を「白」は生を象徴する色といわれ、人は死んだら「青《おう》の島」に行く。常世の原義は稲の常熟する南の国であるが、善きも悪しきものも、全て常世からもたらされるという日本人に共通の観念があった。恐ろしい伝染病や動物でさえ常世からやって来たと、そこで、疫病が流行したり害虫が、発生したりするとそれを、常世に送り返す儀式が盛んに行われたと、何だか、昨今の事なかれ主義政治も、こんな所に、原点があったのかな？　と変な納得をしてみたりしたが。

「青」の美しい画家といえば、私もファン

だが日本人に人気のサム・フランシスの色彩の中のブルーは、暖かい気流が、冷えた花園を包んだまま、浮遊、やがて昇華するイメージがあるが、世界中の画家が美しい「青」を求め続けてきたが、中でもゴッホは素晴らしい「青」を表現した一人ではないか。ゴッホの〔青〕は「冴えた青」から「パステルブルー」まで多彩で、「黄」と共に「青」の深さが人を引き付けて止まないのではないか。「鴉の群れ飛ぶ麦畑」「荒れ模様の空の麦畑」「オヴェールの教会」の黄を覆う圧倒的なウルトラマリンブルーが印象的だ。自画像の背景や糸杉のある麦畑には「浅い青緑」が入り、「糸杉」には天頂の空色ゼニス・ブルー「やや紫みの深い青」の上にピンクや珊瑚珠色、レモン色などが描かれている。ゴッホの住んだ「黄色い家」を覆うブルーも寝台や椅子への連なる「青」も、ゴッホの心が「青」に寄り添っていたことを示している。

又、ノヴァーリスの〔青い花〕のように「精神的な幸福をあらわす」というのもあるが、「青い女」とは男の心を寒々とさせる女といわれている。ブルー「冷たい暗めの青」を男性は好むが、青いファッションを身につけた女性を男性は好まない、というデーターもあるそうだが、私事でいえば、この頃、青色系の服を選ぶことが、多くなったような気がする。年齢によって求める色は、変わって行くと思うが、こればっかりは仕方がない、好きなものは、変えられないが「青」の色相は、豊かで明るい「青」もある。「青」は水平線の彼方、来るものと去るものを、分ける色、又は男と女の出会いや、別れを見つめる、境界線の影を持つ色なのかもしれない。

源氏物語余談

県文連で「私の古典について」というタイトルで、25×10行、会員全員に原稿提出依頼が来た。ドジな私は、詩と同じと思い書いた原稿が、慌て者の証拠のようにパソコンに残っているのが次の原稿である。

源氏物語

源氏物語と書いて、懐かしく思い出すのが当時源氏の第一人者と言われ「国文学」の編集者でもあった保坂弘司教授の授業、さわやかにお年を召された先生が教室の入り口に立たれると、「キャーッ」という、女子大生の黄色い声が飛んでいた。少しはにかんで、でもうれしそうな優しいお顔でいつもの講義が始まった。

源氏物語も藤原氏の隆盛の中で、宮中の女房達にワクワクと待たれ書写され、黄色い声と共に、女人達に手渡されて行った。更級日記の菅原孝標女も、叔母から貰った写本を大切に諳んじ暗記していた。貴種で美男子、最強の男子の恋物語、続きを読みたいと待ち望まれる。

物語とは本来このようなワクワク要素を持つものではないか。映画でも当代のイケメンが光源氏役をしている。木村拓哉、生田斗真源氏もあったと思うが、何よりも艶があり花吹雪のオーラを抱えた源氏を好演していたのは、若き日の沢田研二だと思った。禁忌、タブーそれこそが、人間を惹きつける。ギリシャ神話などが、読み継がれるのは不条理、恋物語、親殺し、不倫、神々の横暴勝手がてんこ盛りされているからだ。

人を惹きつけ、相手の心が自由にならない恋愛こそ永遠の文学のテーマだが、その陰影は物語性と共に、現代詩が失って久しいもののひとつではないか、それとも？書き手の年齢は言い訳にしかならない。ファンタジーは、小説、映像と誰が決めたのか。詩こそ、清、濁、毒世界を、凝縮表現出来る最高ジャンルと思うが、清く正しい人ばかりが、詩の書き手では、つまらない。

訳本についていえば、学生時代に持っていた与謝野晶子の与謝野源氏、谷崎、平林源氏も同じとおもうが、当方の勉強不足のせいか、原文に忠実なものは、細やかな登場人物の心理描写が入っていないと思う。直訳に近いものは肩が凝って、登場人物達が個性的に動かない。繊細な人物描写に慣れた現代人には、絵巻も同じで、引き目、鉤鼻では背景描写がなければ、女人の区別は分かりにくい。

その中で一九七八年に田辺聖子による「新源氏物語」は巻にとらわれず、俯瞰図としての源氏を描き、一の巻で空蝉を登場させ、巧みな女性心理描写を加えて古典を現代人の空間に招き入れた「源氏紙風船」大阪弁の源氏のお供の視点に、おかしくてよく笑ったことなど思いだした。どの女人にも読者は、自分の分身として重ね合わせる。やがて女人達は自立して源氏から去っていく。最強の男子不要のラストである。源氏は、今も最強古典なのかも。最近は田辺源氏に限らず新たな新書本やマンガもあり、放送大学などでもよく取り上げられるので、誰でも親しめるのだが。

余談

学生時代の授業の始まりは、高校時代と同じく、毎朝担任の先生が出席をとったのでダイヘンの経験は無である。広い校内に十四の女子寮があり、三～四時まで授業の日が多く、寮の門限は、五時というマジメ学校だった。私は椿寮にいたが、一階には昭和女子大創設者であり著名な文学者でもあった人見圓吉氏ご一家が、生徒と同じ質素な生活をされていた。同じく、人見楠郎理事長も。後に学長となり、「大学経営発展に、又私学リーダーとして、活躍されたと聞いている」。父の東京在住反対もあり就職が決まらずにいた私に、ある日担任を通じて面会があり、校内図書館勤務を進めて下さった。又は理事をしている銀座にある社団法人の編集部にと、黒制服と規則と女性集団から当時の私は、早く脱出したいと思っていたので、銀座推薦をお願いした。

自分が生活してきた繋がる縁という不思議を思う。自立女性は育たない、窮屈とばかり思っていた学校も地方生への配慮を含む、卒業旅行まで、面倒をみる親心に溢れた珍しい学校であったと思うこの頃だが、人間文化学部、生活科学部、国際学部等、名称も次々と変わり行く今を見ながら、学生部就職担当課長さん、寮食を朝晩作ってくれた人達、三つ指をついて毎朝挨拶した寮監先生等、関わった人々を含む共同体としての学校生活と時代を、懐かしく思い出している。

「たけくらべ」とか「江戸文学」とか教えていただいた私の一年生担任の大塚豊子先生は若くて、やさしく控え目で、穏やかな美しい先生であったので、「東大で川端康成の研究会があるので行ってみますか？」とお誘いを受けた時は、いそいそとお供した。友人と共に席に座ると後ろの席が、ザワザワ、「大塚先生って、美しいヨねー」と溜息混じりの若い研究者たちの囁き声があちこちから聞こえてきて、うれしかったことを、今でも覚えている。確かドナルド・キーン氏が、小説の中の一行の表現の陰影について質問、他の参加者も加わり、使われた形容詞についての、アレコレ意見交換、当時の私は、おおざっぱで、いい加減な私のような性格の人間はとても、研究者にはなれないと実感したが、生徒に体験させて下さった先生の配慮に、感謝している。

私の先生との交流は、今も『鹿』を時折お送りしているのだが、残念であったのは、先生が結婚されなかったのである。先生のことは、ずっと国文科の教授でいらしたこと以外何も知らないが、「雨夜の品定め」ではないが、美しい「ウワサの女人」控え目な先生を訪れ、言葉を重ねる「真面目な光源氏」が、いて欲しかったと、一生徒としてずっと願っていたのだが。

博物館友達

「阿佐ヶ谷からきましたが、ご近所には、金田一京助先生のお宅、すぐ近くに谷川俊太郎氏宅がありますが、みんなお金には、御縁のない方ばかりです。」と八十近いとおっしゃるご婦人とピアノの先生をしているという、もう少し若い方の二人連れ、何度も会場内を回っている内に意見交換。國學院大學博物館「火焔型土器のデザインと機能」信濃川流域の出土品である。見事な鶏頭冠突起土器、煮炊きに不要の飾りが、いっぱい付いている所がステキだ。特別展会場の奥には、充実感タップリの縄文土器、土偶、装飾品、別コーナーには、神々への祭祀、日本の祭りの美しい紹介ビデオなどが用意されている。リピーターが多いというのも頷ける。しかも入場無料で、特別展図録までプレゼント有。

長時間過ごしたので出口付近へ、台座の上の遮光器土偶の前でストップ、「阿佐ヶ谷サン」がどうしても気になるというのだ。宇宙人かと思うアーモンド型の大きな丸の中に、カマキリのような細横目がかいてある。通りかかったハイヒール、毛皮襟巻のご高齢の女性が「私多少詳しゅうございます、これはサングラスです。」とおっしゃる。「ニュージーランドの原住民は、今でも狩をする時、板の穴を開けて遠くを見るとよく見えると、それではないかと、学者さんがつけた名前です。」とホヤホヤの博物館友達と共に、成程と頷き、朝から余りの面白さに、何時の間にか二時過ぎ。さすがに疲れて、学食に行って休むことにした。オープンガラスの光の降り注ぐ前庭を持つ、ゆったりとした空間、入り口で女子大生が薦めてくれた、さぬきうどん二百二十円、大きつね一枚百円、エビ天百二十円。券売機で求めてセルフサービス、三人で窓際に座る。

最初に書いた金田一氏の話に戻る。阿佐ヶ谷は、息子が下宿していた事があったので、閑静な住宅街の中を、歩いたことはあるが。

「父も土堀をしていましたから、よくわかるんです。小指の先程の出土品が出たと言って狂喜して父が帰ってくるのですが、台所を預かる母は、何がそんなに嬉しいのかしら、と呆れ顔でした。エジプト学者の吉村さん、孫弟子です。」

そう言えば少し前のテレビ放映で「金田一家三代の歴史」の中で、アイヌ叙事詩ユーカラを四日四晩唄う、アイヌのホメロスと例えられた鍋沢ワカルパの話や、同級生の石川啄木が就職したばかりの金田一の下宿に勝手に転がり込んだ話も紹介されていました。

アイヌの話は那須田浩さんの同人誌『駅』に、広大な自然の中自給自足で、平等に分かち合い豊かに暮らしていた民族が、「蝦夷征伐」政策歴史の中、交易比率の非情な吊り上げ、により多くを狩り過ぎ、自然破壊を招き自滅して行く過程が、詳細に語られています。

國學院大學は渋谷から、バスで五分ばかり、昔同級生がすぐ近くに下宿していたので、彼女の所には何度か行ったが、大學までは行かぬままで、素晴らしい博物館が誕生していること知らなかった。時間のある方、無い方も一度お勧め博物館。

初出一覧

一章

10 頁　愛の罪　モンゴル国際詩人会議アンソロジー　2017,8
12 頁　星めぐりの歌　鹿 140　2015,8
16 頁　コウモリの足　鹿 136　2014,8
20 頁　水加減　鹿 142　2016,2
22 頁　若鮎　鹿 144　2016,8
24 頁　ドジョウ立像　鹿 138　2015,2
28 頁　ツル　鹿 141　2015,2

30 頁　Waka-ayu（若鮎）〈訳：森田俊吾〉 2017
31 頁　The sin of love（愛の罪）〈訳：森田俊吾〉 2017
32 頁　Quantity of water（水加減）〈訳：森田俊吾〉 2017

二章

34 頁　砂の旅　鹿 137　2014,11
38 頁　マドンナ・リリー（その１）　鹿 129　2012,11　図像：クレタ島
アムニソス出土壁画のマドンナ・リリー〈部分〉（前 1550 ～ 1500 年頃）
42 頁　マドンナ・リリー（その２）　鹿 130　2013,2
44 頁　やさしい枇杷　鹿 132　2013,8
46 頁　コヒルガオ　鹿 131　2013,5
50 頁　つぶやき姫　文芸静岡 85　2015
52 頁　ヒヨコ豆　2015
54 頁　ヤマネコ　プラカード　鹿 135　2014,5
56 頁　吊り橋　静岡県詩人会会報　2015,8
58 頁　改札口　文芸静岡 84　2014
60 頁　キュウリ　第 56 回ふじのくに芸術祭　準奨励賞　2016

三章

64 頁　空鉢　ムーの会会報 93 号「駒瀬銑吾」 2015,10
66 頁　銀ネム　鹿 143　2016,5
70 頁　天空のカレンダー　第 19 回杓子庵文学賞「中勘助」候補作　2014
72 頁　室町椿　第 18 回杓子庵文学賞　候補作　2013
74 頁　肖像画（美術館）　文芸静岡 83　2013
76 頁　罌粟の始末　鹿 147　2017,8
78 頁　メダカ合戦　鹿 146　2017,2
82 頁　水鏡　2015

四章「メルヘン・エッセイ」

88 頁　王宮の廃園　2014
92 頁　黄泉の松　静岡詩人会会報 121　2014
94 頁　表現の色彩　静岡詩人会会報　2016,7
96 頁　海神伝説と国境の岸辺を持つ島　対馬「その１」 鹿 137　2014,11
102 頁　海神伝説と国境の岸辺を持つ島　対馬「その２」 鹿 138　2015,2
110 頁　「青」いろいろ考　静岡県文学連盟会報 63 号　2015
112 頁　源氏物語余談　鹿 146　2017,2
114 頁　博物館友達　静岡県詩人会会報 130　2017,4

幻想コラージュ一覧

幻想コラージュ

黄泉の松　宮城　荒浜　閖上地区にて　第23回女流美術協会展
　　2013（890 × 1300）
月下の国境　2013（650 × 380）
複数の女　第17回日本詩人クラブ詩書画展
　　於：銀座地球堂ギャラリー　2014（540 × 425）
美徳が増やす死体　第24回女流美術協会展
　　グランシップ　2014（890 × 1300）
ファムファタル・宿命の女達　第25回女流美術協会展
　　グランシップ　2015（1800 × 910）
一人目のセイレーン　第18回日本詩人クラブ詩書画展
　　於：銀座地球堂ギャラリー　2016,6（600 × 300）
四人のセイレーン　第26回女流美術協会展　奨励賞
　　グランシップ　2016（タペストリー　1370 × 1000）
反転するセイレーン　2016（600 × 450）
二人のセイレーン　2016（600 × 450）
アジサイのトルク（首輪）をつけたマドンナ　2016（90 × 130）
音曲を奏でるセイレーン　2016（1000 × 2400）
生命の誕生　2016（1100 × 1300）
彷徨えるセイレーン　2016（タペストリー　2150 × 630）
天空に向かって墜落するセイレーン　女流美術協会展
　　グランシップ　2017（900 × 600）
【表紙】セイレーン達　2016
【裏表紙】黄泉の松　2013

松浦澄江〈「歪んだ赤い丸の上に座っている　私たち」展〉
詩　ギャラリートーク　朗読　コラボレーション
　　於：アートカゲヤマギャラリー（2015,4,27 ～ 5,3）

美しいことば大賞　審査長　ギャラリートーク「ことばの背景」
　　於：ギャラリー未来（2016,8）

モンゴル国際詩人会議
　　於：ナショナルギャラリー「愛の罪」朗読（2017,8,17）

モンゴル国際詩人会議
　　於：エルデニ・ゾー寺院「愛の罪」朗読（2017,8,20）

あとがき

五年ぶりに、詩集を出すことにしました。

詩集は出来上がると、すぐにいつも不足を感じてしまいます、が折々の自分の思いと時間が、そこにはあるので、その記録に注文をつけるわけにもいきません。これからも、花と共に暮らせたらと思っています。いろいろな方と出会い、出会ったことに感謝しています。

詩集出版にあたり、いつものことながら、気ままにさせていただいて、詩集の多い古書店併設、秋からはスペース拡張予定の、変化する七月堂時間を楽しませていただきました。出版にあたり、知念明子さんと岡島星慈さんにお世話になりました。

心から感謝しています。

橋本由紀子

二〇一七年　忘れ花に会った日に

橋本由紀子

岡山県生まれ
昭和女子大学国文科卒
「後継者たち」「匹」「蛮」同人を経て現在『鹿』同人、日本現代詩人会会員、
日本詩人クラブ会員、静岡県文学連盟会員、静岡県詩人会会員、
静岡県女流美術協会会員

SBS学苑ヨーロピアン押花デザイン講師
日本押花デザイン協会顧問・常任理事

著書
詩集『未来形を知らないから』（七月堂）
詩集『見つめられる花』（七月堂）
詩集『少女の球根』（七月堂）

現住所
〒四二七―〇〇三六　静岡県島田市三ツ合町一一二五―四

青《おう》の植物園

二〇一七年一二月二〇日　発行

著　者　橋本　由紀子

発行者　知念　明子
発行所　七　月　堂
〒一五六—〇〇四三　東京都世田谷区松原二—二六—六
電話　〇三—三三二五—五七一七
FAX　〇三—三三二五—五七三一

印刷・製本　渋谷文泉閣

©2017 Hashimoto Yukiko
Printed in Japan
ISBN 978-4-87944-303-8　C0092

乱丁本・落丁本はお取り替えいたします。